ABEL SÁNCHEZ

clásicos castalia

COLECCIÓN FUNDADA POR
DON ANTONIO RODRÍGUEZ-MOÑINO

DIRECTOR
DON ALONSO ZAMORA VICENTE

Colaboradores de los volúmenes publicados:

J. L. Abellán. F. Aguilar Piñal. G. Allegra. A. Amorós.
F. Anderson. R. Andioc. J. Arce. E. Asensio. R. Asún.
J. B. Avalle-Arce. F. Ayala. G. Azam. G. Baudot. H. E.
Bergman. B. Blanco González. A. Blecua. J. M. Blecua.
L. Bonet. C. Bravo-Villasante. J. M. Cacho Blecua. M.ª J. Ca-
nellada. J. L. Cano. S. Carrasco. J. Caso González. E. Ca-
tena. B. Ciplijauskaité. A. Comas. E. Correa Calderón. C.
C. de Coster. D. W. Cruickshank. C. Cuevas. B. Damiani.
G. Demerson. A. Dérozier. J. M.ª Díez Borque. F. J. Díez
de Revenga. R. Doménech. J. Dowling. M. Durán. H. Etting-
hausen. R. Ferreres. M. J. Flys. I.-R. Fonquerne. E. I.
Fox. V. Gaos. S. García. L. García Lorenzo. J. González-
Muela. F. González Ollé. G. B. Gybbon-Monypenny. R. Jam-
mes. E. Jareño. P. Jauralde. R. O. Jones. J. M.ª Jover
Zamora. A. D. Kossoff. T. Labarta de Chaves. M.ª J. La-
carra. C. R. Lee. I. Lerner. J. M. Lope Blanch. F. López
Estrada. L. López-Grigera. L. de Luis. F. C. R. Maldonado.
N. Marín. R. Marrast. F. Martínez García. M. Mayoral.
D. W. McPheeters. G. Mercadier. W. Mettmann. I. Michael.
M. Mihura. J. F. Montesinos. E. S. Morby. C. Monedero.
H. Montes. L. A. Murillo. A. Nougué. G. Orduna. B. Pa-
llares. M. A. Penella. J. Pérez. J.-L. Picoche. J. H. R. Polt.
A. Prieto. A. Ramoneda. J.-P. Ressot. R. Reyes. F. Rico. D.
Ridruejo. E. L. Rivers. E. Rodríguez Tordera. J. Rodríguez-
Luis. J. Rodríguez Puértolas. L. Romero. J. M. Rozas. E. Ru-
bio Cremades. F. Ruiz Ramón. G. Sabat de Rivers. C. Sabor
de Cortazar. F. G. Salinero. J. Sanchis-Banús. R. P. Sebold.
D. S. Severin. D. L. Shaw. S. Shepard. M. Smerdou Altola-
guirre. G. Sobejano. N. Spadaccini. O. Steggink. G. Stiffoni.
J. Testas. A. Tordera. J. C. de Torres. I. Uría Maqua.
J. M.ª Valverde. D. Villanueva. S. B. Vranich. F. Weber de
Kurlat. K. Whinnom. A. N. Zahareas. I. de Zuleta.

MIGUEL DE UNAMUNO

ABEL SÁNCHEZ

Edición,
introducción y notas
de
JOSÉ LUIS ABELLÁN

SEGUNDA EDICIÓN

clásicos castalia

Madrid

Copyright © Editorial Castalia, S. A., 1990
Zurbano, 39 - 28010 Madrid - Tel. 319 58 57

Cubierta de Víctor Sanz

Impreso en España - Printed in Spain
Unigraf, S A. Móstoles (Madrid)

I.S.B.N.: 84-7039-458-4
Depósito Legal: M. 2.179-1990

S U M A R I O

A María Luisa

INTRODUCCIÓN CRÍTICA

1. ABEL SÁNCHEZ COMO NÍVOLA

Al releer la novela *Abel Sánchez* con vistas a la presente edición, todo un cúmulo de viejas lecturas unamunianas han aflorado a mi conciencia, trayéndome recuerdos de la época en que yo redactaba mi tesis doctoral sobre el ilustre vasco.[1] Mi conocimiento de la obra de Unamuno es, sin embargo, ahora mucho mayor y el acrecentamiento de mi experiencia vital —doblada la edad desde que redactara aquellas páginas— da nueva luz a esa lectura. Aunque siempre comprendí el papel central de *Abel Sánchez* en la evolución novelística de don Miguel, la nueva luz aportada por los datos anteriores ha revalorizado ante mis ojos el papel de dicha novela, que ahora considero como una de las más importantes de Unamuno; confluyen en ella aspectos muy variados de su personalidad y de su pensamiento, convirtiéndola en verdadera caja de resonancia de sus preocupaciones más íntimas.

El tema de la novela es una pasión, según se nos dice en el subtítulo mismo —"Una historia de pasión"—, aunque, como nos dijo el autor en el prólogo a la segunda edición, acaso fuera mejor decir: "historia de una pasión",[2] y esa pasión es el tan hispánico sentimiento de la envidia.

---

[1] José Luis Abellán, *Miguel de Unamuno a la luz de la Psicología,* Ed. Tecnos, Madrid, 1964.

[2] Cf. esta misma edición, p. 55.

He aquí el verdadero argumento de esta *nívola,* pues según la definición que nos da el mismo Unamuno las *nívolas* son "relatos dramáticos, acerantes, de realidades íntimas, entrañadas, sin bambalinas ni realismos en que suele faltar la verdadera, la eterna realidad, la realidad de la personalidad".[3] Narraciones que profundizan en el entramado más íntimo y profundo del ser humano, convirtiéndose así en método de investigación antropológica y metafísica, muy alejadas por tanto de la novela clásica, donde las personas de carne y hueso ocupan el escenario de la trama narrativa. El único modo de entender en profundidad, por lo tanto, una *nívola* unamuniana es acercarnos al marco simbólico y a la estructura ideológica que están en la base misma de su concepción; de lo contrario, nos quedaremos con una impresión muy superficial, donde personajes de cartón piedra muy intelectualizados ocupan el nervio argumental del relato, sin llegar a transmitirnos el auténtico mensaje de la obra. Así, pues, si los personajes son los protagonistas de una novela tradicional, en una *nívola* son las pasiones las que ocupan ese protagonismo.

Sin embargo, el verdadero personaje de cualquier *nívola* unamuniana es Unamuno mismo como pensador en que ideas y creencias quedan entrañadas en unidad indisoluble, pues nuestro vasco universal no es un filósofo sistemático y escolástico, sino —para emplear una expresión muy de su gusto— un *sentidor,* donde vida y pensamiento se entrelazan indisciernibly. Es esta circunstancia la que nos obliga, como primera medida, a situar *Abel Sánchez* en el momento preciso de su evolución humana e intelectual. La primera edición de la obra apareció en 1917, cuando Unamuno se hallaba —a los 53 años— en plena madurez intelectual, intentando sacar las consecuencias prácticas más importantes de su concepción filosófica, que había desarrollado ampliamente pocos años antes en su libro *Del sentimiento trágico de la vida en los hombres y en*

---

[3] Véase el Prólogo-epílogo a la segunda edición de *Amor y pedagogía;* en *Obras completas,* Ed. Escelicer, Madrid, 1966, tomo II, pp. 311-312.

los pueblos (1912). Esas consecuencias prácticas de su pensamiento fundamental va a desarrollarlas en una serie de relatos que tienen su primera expresión en *Niebla* (1914), seguida de *Abel Sánchez* (1917), y continuada en *Tulio Montalbán y Julio Macedo* (1920), *Tres novelas ejemplares y un prólogo* (1920), y *La tía Tula* (1921). Aunque Unamuno escribió relatos novelescos antes y después de las obras citadas, éstas constituyen un conjunto de narraciones con unidad propia, basada en ese propósito práctico ya dicho: extraer las consecuencias vitales y humanas de su concepción filosófica de madurez. Es precisamente ahí situada donde *Abel Sánchez* cobra su plena y más profunda significación.

El argumento central es el tema de la envidia, tema sobre el que ya Unamuno, en el esplendor de su gloria literaria, había meditado abundantemente, y sentimiento del que, sin duda de ninguna clase, había sido objeto pasivo y quizá también activo, como luego veremos. En ese tema ve Unamuno el nervio de la conflictividad histórica y social que ha vivido nuestro país de forma continua y apasionada, aunque no deje de reflejar el fondo universal de la humana convivencia. Es, sin duda, la conflictividad española, que Unamuno ha vivido tan de cerca en sus múltiples aspectos, la que tiene más presente cuando escribe. Al corregir las pruebas de la segunda edición en 1928, estando en Hendaya, dice: "He sentido revivir en mí todas las congojas patrióticas de que quise librarme al escribir esta historia congojosa"; [4] estoy seguro de que esa "Confesión" de Joaquín Monegro que sirve de base al relato de Unamuno eran páginas que el propio Unamuno había escrito en diversos momentos de su vida al meditar sobre el tema de la envidia. Esta envidia es —como decíamos antes— expresión del conflicto exterior e interior que don Miguel vivió intensamente a lo largo de su existencia, conflicto que alcanza su máxima expresión simbólica y paradigmática en la guerra civil.

[4] Cf. nuestra edición, p. 51.

2. EL ENTRAMADO VITAL E IDEOLÓGICO DE LA NOVELA

Es curioso que —como si su vida fuese a su vez un paradigma de su pensamiento— Unamuno acota su existencia entre dos guerras civiles. En 1874, siendo todavía un niño de diez años, el pequeño Miguel va a vivir el bombardeo de Bilbao por los carlistas como un suceso inolvidable que le dejará honda huella; nos dice en *Recuerdos de niñez y mocedad*: "el suceso verdaderamente nuevo, verdaderamente imprevisto, el suceso que dejó más honda huella en mi memoria, fue el bombardeo de mi Bilbao, en 1874, el año mismo en que entré al Instituto"... "De antes de él apenas conservo sino reminiscencias fragmentarias; después de él viene el hilo de mi historia." También se refiere al recordarlo a "la entrada de las tropas libertadoras entre lágrimas y vítores", suceso del que dice:

> Es uno de esos espectáculos que bajan al fondo del alma de un niño y quedan allí formando parte de su suelo perenne, de su tierra espiritual, de aquella a que los recuerdos, al caer como hojas secas del otoño, abonan y fertilizan para que broten nuevas hojas primaverales de visiones de esperanza. [5]

Y, si este fue el principio de su vida, nadie ignora el final de la misma en que Unamuno es víctima de los enfrentamientos entre uno y otro bando durante los primeros meses de la guerra iniciada el 18 de julio de 1936 por el levantamiento del General Franco contra la República española, hasta su muerte el 31 de diciembre del mismo año, confinado por orden gubernativa en su domicilio salmantino. Entre aquel 1874 y este 1936, está el resto de la vida de Unamuno preocupado obsesivamente por el

[5] *Recuerdos de niñez y mocedad*, Col. Austral, Buenos Aires, 1946, pp. 73, 77 y 76 respectivamente.

belicismo, un talante bélico que veía a su alrededor en la vida social española, empapando toda la trama de nuestras relaciones personales y colectivas, sin olvidar su propia guerra interior, aquella que le hizo exclamar con Goethe: "dos almas llevo en mi pecho".

En realidad, vista a esta nueva luz toda la obra de Unamuno cobra una peculiar coherencia pocas veces subrayada. Su primera novela *Paz en la guerra* (1897) es ya reflejo de aquella obsesión; su final no puede ser más elocuente:

> En el seno de la paz verdadera y honda es donde se comprende y justifica la guerra; es donde se hace sagrados votos de guerrear por la verdad, único consuelo eterno; es donde se propone reducir a santo trabajo la guerra. No fuera de ésta, sino dentro de ella, en su seno mismo hay que buscar la paz; paz en la guerra misma. [6]

Y estas palabras son retomadas por Unamuno a la vuelta de los años, en 1933, tres antes de morir, para recalcar él mismo esa coherencia a que me he referido antes: "Desde que empecé a escribir —dice— para mi pueblo he seguido, en esto como en lo demás, una misma línea. No derecha en el sentido de línea recta, sino, como la vida, llena de vueltas y revueltas; una línea dialéctica. El pensamiento vivo está tejido de íntimas contradicciones... Como que no se puede participar en una Guerra civil sin sentir la justificación de los dos bandos en lucha; como que quien no sienta la justicia de su adversario —por llevarlo dentro de sí— no puede sentir su propia justicia... Y es como, llevando la Guerra civil española dentro de mí, he podido sentir la paz como fundamento de la guerra y la guerra como fundamento de la paz." Se pronuncia así incluso contra la prevención de la guerra. "¡Prevención de la guerra! No —contesta—, sino de su mejor utilización, de su mejor aprovechamiento —añadiría yo—

---

[6] M. de Unamuno, *Obras Completas*, Escelicer, Madrid, 1967, vol. II, p. 301.

ya que la guerra, y sobre todo la Guerra civil, es, gracias
a Dios, inevitable." [7]

Esta dialéctica contradictoria entre paz y guerra es la
que va a empapar su filosofía trágica, cuya formulación
explícita realiza en *Del sentimiento trágico de la vida en
los hombres y en los pueblos* (1913). Como es bien sabido, se plantea allí el tema de la inmortalidad personal,
problema que obsesionó a Unamuno desde muy temprana
edad. La solución no es fácil, ya que si, por un lado, la
razón nos niega que haya un contenido objetivo a dicho
anhelo de inmortalidad, la vida no puede renunciar al
deseo subjetivo e imperioso de buscarla, para lo que pide
la colaboración de la razón. Así surge la oposición dialéctica entre razón y fe o razón y vida —expresiones ambas del mismo conflicto— que darán contenido intelectual
a su pensamiento. Se nos aparece entonces su filosofía
como la expresión de un conflicto permanente y de una
contradicción inevitable entre "lo que el mundo es según
la razón de la ciencia nos lo muestra" y "lo que queremos
que sea según la fe de nuestra religión nos lo dice". [8] Conflicto entre ciencia y religión, entre razón y fe, entre lógica
y vida; he aquí la lucha eterna del Unamuno que buscará
fama imperecedera con sus escritos, adquiriendo mil formulaciones distintas: España-Europa, Dulcinea-Helena,
Paz-Guerra, Corazón-Cabeza... Instalado en esa filosofía
conflictual —simbólicamente expresada en la pareja paz-
guerra, que viene a ser resumen de los otros conflictos—,
Unamuno no deja de hacer su propia opción, y así nos
dice:

> Frente a todas las negaciones de la *lógica*, que rige las
> relaciones aparenciales de las cosas, se alza la afirmación
> de la *cardiaca*, que rige los toques sustanciales de ellas.
> Aunque tu cabeza diga que se te ha de derretir la concien-

---

[7] *La Ciudad de Henoc. Comentario, 1933*, Editorial Séneca, México, 1941, pp. 81-84.
[8] *Del sentimiento trágico de la vida*, en *Ensayos*, Aguilar, Madrid, 1958; vol. II, p. 1014.

cia un día, tu corazón, despertado y alumbrado por la congoja infinita, te enseñará que hay un mundo en que la razón no es guía. La verdad es lo que hace vivir, no lo que hace pensar. [9]

A partir de esta toma de posición intelectual, Unamuno elabora una filosofía que es toda ella una justificación del anhelo de inmortalidad personal, encarnada principalmente en la inmortalidad del nombre y de la fama, y simbolizada a su vez en la figura de don Quijote y su amor por Dulcinea. Por eso, hablando del ingenioso hidalgo cervantino, nos dice: "En esto de cobrar eterno nombre y fama estribaba lo más de su negocio; en ello el aumento de su honra, primero, y el servicio de su república, después". [10] Y refiriéndose a la señora de sus sueños, afirma: "¿Por qué peleó don Quijote? Por Dulcinea, por la gloria, por vivir, por sobrevivir". [11] En otras palabras, por la inmortalidad, ya que toda vida heroica o santa corrió siempre en pos de gloria, temporal o eterna, terrena o celestial. "Y en cabo de cuentas —añade—, ¿qué buscaban unos y otros, héroes y santos, sino sobrevivir, que no a otra cosa viene a reducirse lo que dicen ser nuestro culto a la muerte? No, culto a la muerte, no; sino culto a la inmortalidad". [12] En realidad, es la falta de fe en la inmortalidad del alma, la que propicia la búsqueda de la inmortalidad del nombre, y así viene a reconocerlo cuando dice:

Cuando las dudas nos invaden y nublan la fe en la inmortalidad del alma, cobra brío y doloroso empuje el ansia de perpetuar el nombre y la fama, de alcanzar una sombra de inmortalidad siquiera. Y de aquí esa tremenda lucha por singularizarse, por sobrevivir de algún modo en la memoria de los otros y los venideros, esa lucha mil veces más terrible que la lucha por la vida, y que da tono,

[9] *Vida de don Quijote y Sancho*, ibid., p. 299.
[10] *Del sentimiento...*, *Ensayos*, II, p. 108.
[11] *Ibidem*.
[12] *Vida de don Quijote...*, ibid., p. 221.

calor y carácter a nuestra sociedad, en que la fe medieval en el alma inmortal se desvanece. [13]

3. LA VERSIÓN LITERARIA DE UN MITO: CAÍN Y ABEL

Al llegar a este punto en la exposición de la filosofía unamuniana, hemos abocado justo al lugar de entronque con el tema central de *Abel Sánchez,* pues si éste es la envidia, no podremos tampoco olvidar que ésta tiene su origen en el afán de sobresalir frente a los demás. En realidad, estamos arribando así al núcleo doctrinal sin el que 'esta novela no puede entenderse, núcleo que no es otro que el relato bíblico que nos narra el enfrentamiento entre Caín y Abel. De hecho, toda la novela no es otra cosa que una meditación *sui generis* sobre dicho mito, y es a esa luz cuando cobra toda su dimensión y verdadera trascendencia.

Una lectura de *Abel Sánchez* con la perspectiva del mito de Caín y Abel al fondo, nos da las claves precisas para su entendimiento en profundidad. El mismo nombre *Abel* nos proporciona la primera pista, y eso de que Joaquín Monegro y Abel Sánchez se conociesen "desde antes de la niñez" como si fuesen "hermanos de crianza", nos sitúa definitivamente en una relación fraternal del tipo de la que tuvieron los primeros hijos de Adán y Eva. Al final, cuando Abel muere en las manos de Joaquín —y a pesar de que evidentemente no se trata de un asesinato— es imposible evitar la referencia simbólica al pasaje bíblico. Entre uno y otro suceso, transcurre la historia de esa pasión de la envidia que poseyó trágicamente el alma de Joaquín. Es curioso que los mismos oficios de uno y otro encuentren una cierta similitud con los de la pareja bíblica; el Abel de Unamuno no es pastor, sino artista, un oficio que depende básicamente de una inspiración y de una gracia más allá de su voluntad personal, mientras Joaquín se hace médico, una profesión esfor-

[13] *Del sentimiento...*, *ibid.*, p. 776.

zada que requiere un trabajo continuo como la del agricultor Caín. No se trata, sin embargo, sólo de profesiones, sino de algo caracterológico más profundo; como dice Monegro en un párrafo de su *Confesión:* "Ya desde entonces era él simpático, no sabía por qué, y antipático yo, sin que se me alcanzara mejor la causa de ello, y me dejaban sólo. Desde niño me aislaron mis amigos." Es imposible al leer esto no recordar las palabras de la Biblia cuando dice que "el fruto de Abel halló gracia a los ojos de Dios, pero no así el de Caín". Ambos sin duda aspiraban a lo mismo: perpetuar su nombre a los ojos de Dios, inmortalizarse en su presencia, y cuando Caín no lo consigue se apodera de él la envidia hacia su hermano. Es lo mismo que le ocurre a Joaquín Monegro con respecto a su "hermano" Abel, y cuando le niega éste que sea ambicioso de gloria, le replica: "—Sí, ambicioso de gloria, de fama, de renombre... Lo fuiste siempre, de nacimiento. Sólo que solapadamente." Queda así encarnado ejemplarmente el origen de la historia humana en esos dos personajes —Abel y Joaquín—, convirtiendo la novela unamuniana en una profunda meditación sobre los caracteres antropológicos del ser humano en sus orígenes. Abel Sánchez, el pintor-artista, que halla gracia a los ojos de Dios y de los hombres sin proponérselo, y Joaquín que por más esfuerzos que haga con su trabajo y su voluntad, no logra encontrar esa gracia. El hecho se manifiesta con toda evidencia cuando Helena, la novia de Joaquín, se enamora de Abel, abandonando a aquél; no deja de ofrecer honda significación esta Helena —con la H inicial, recordándonos la cultura clásica pagana— que Unamuno contrapone en *Del sentimiento* a Dulcinea, el símbolo español de la inmortalidad del nombre y de la fama. Por eso, si Abel pinta a Helena no podrá evitar reflejarla como es: fría como el mármol de la cultura clásica; de aquí que le diga Joaquín: "Y así la inmortalizarás. Vivirá tanto como tus cuadros vivan. Es decir, ¡vivirá no! Porque Helena no vive; durará. Durará como el mármol, de que es. Porque es de piedra, fría y dura, fría y dura como tú. ¡Montón de carne!..."

La boda entre Abel y Helena acabó por desbordar de odio el alma del espiritual Joaquín, pues la envidia inicial se convirtió en odio, haciendo de su vida un infierno. El fondo de ese infierno es —como en la representación dantesca de *La Divina Comedia*— convertirle el alma en un témpano de hielo, incapacitándole para amar. Por eso dice Joaquín en su *Confesión*: "En los días que siguieron a aquél en que me dijo que se casaban sentí como si el alma toda se me helase. Y el hielo me apretaba el corazón. Eran como llamas de hielo. Me costaba respirar. El odio a Helena, y, sobre todo, a Abel, porque era odio, odio frío cuyas raíces me llenaban el ánimo, se me había empedernido. No era una mala planta, era un témpano que se me había clavado en el alma; era más bien mi alma congelada en aquel odio. Y un hielo tan cristalino, que lo veía todo a su través con una claridad perfecta." De allí va a nacer y cobrar fuerza el afán de sobresalir que se apoderará de Joaquín, y así lo dice en su *Confesión*:

El descubrimiento en mí mismo de que no hay alma, moviéronme a buscar en el estudio, no ya consuelo —consuelo ni lo necesitaba ni lo quería—, sino apoyo para una ambición inmensa. Tenía que aplastar, con la fama de mi nombre, la fama ya incipiente de Abel; mis descubrimientos científicos, obra de arte, de verdadera poesía, tenían que hacer sombra a sus cuadros. Tenía que llegar a comprender un día Helena que era yo, el médico, el antipático, quien habría de darle aureola de gloria, y no él, no el pintor.

Es comprensible que Unamuno se identificase más con Joaquín que con Abel, y el hecho de haber puesto a éste como título de la novela no puede tomarse sino como un intento de distanciamiento ante el lector; fijémonos, además, que la referencia simbólica al mito bíblico nos viene dada por el pintor —Abel Sánchez— mientras en el nombre de su oponente —Joaquín Monegro— no aparece tal referencia. Al fenómeno del distanciamiento personal se une aquí un intento de acercamiento del mito a la contemporaneidad del autor, hasta el punto de que el propio

Unamuno no duda en el prólogo a la segunda edición de la novela en declarar la superioridad moral de Joaquín. "He sentido —dice— la grandeza de pasión de mi Joaquín Monegro y cuán superior es moralmente a todos los Abeles. No es Caín lo malo; lo malo son los cainitas. Y los abelitas."

Es obvio que Unamuno no considera libre de culpa a Abel, y así lo dice en una de sus conversaciones con Joaquín, cuando aquél está pintando un cuadro sobre el primer fratricidio.

> ¡Ah!, pero —le dice Joaquín a Abel— ¿tú crees que los afortunados, los agraciados, los favoritos, no tienen culpa de ello? La tienen de no ocultar, y ocultar como una vergüenza, que lo es, todo favor gratuito, todo privilegio no ganado por propios méritos, de no ocultar esa gracia en vez de hacer ostentación de ella. Porque no me cabe duda de que Abel restregaría a los hocicos de Caín su gracia, le azuzaría con el humo de sus ovejas sacrificadas a Dios. Los que se creen justos suelen ser unos arrogantes que van a deprimir a los otros con la ostentación de su justicia. Ya dijo quien lo dijera que no hay canalla mayor que las personas honradas... Los abelitas han inventado el infierno para los cainitas porque si no su gloria les resultaría insípida.

He aquí perfectamente expresada la dialéctica del envidiado-envidioso, pues el envidiado necesita del envidioso tanto como éste de aquél; el primero ve reconocida su gracia en la envidia del segundo, pero éste a su vez necesita envidiar al primero para reafirmarse a sí mismo. Ahora bien, en esta dialéctica, el envidioso tiene una grandeza moral que no tiene el envidiado, ya que a éste se lo dan todo hecho, mientras el envidioso lucha contra su trágico destino, iniciando así la historia humana. La envidia se nos aparece así como el primer pecado del hombre sobre la tierra, y aún así cabe pensar que estuvo presente en el mismo pecado original. De la envidia hacia Dios —"Seréis como dioses", les dice la serpiente a los primeros padres— se pasa lógicamente a la envidia hacia el hermano preferido de Dios y de ahí insensiblemente a dar forma y contenido a toda la historia de la humanidad, que, en definitiva, sería una historia de envidiados y envidiosos —abelitas y cainitas— hasta culminar a veces en esa manifestación trágica de las guerras civiles.

4. EL TEMA DE LA ENVIDIA EN LA OBRA UNAMUNIANA

El tema le hizo meditar a Unamuno muy hondamente, y no sólo en esta novela. Como dijimos al principio, Unamuno se ocupó de la cuestión desde los inicios de su carrera literaria. Carlos Clavería lo ha estudiado en un magnífico ensayo titulado "Sobre el tema de Caín en la obra de Unamuno". [14] Allí nos muestra cómo en 1902 aparece la preocupación por la significación del relato bíblico, cuando dice: "Podrá tener razón Ihering al acentuar aquello de que la civilización empezó en las ciudades, y ser muy duro el juicio de la leyenda judía, que nos dice que fue Caín el agricultor fratricida, el que mató a Abel el pastor; que fue el malo quien edificó la primera ciudad (*Génesis*, VI, 17), mientras los buenos seguían plantando y levantando sus tiendas junto a los pastos de sus ganados". [15] Al mismo asunto dedica páginas terribles en 1909 cuando en su ensayo *La envidia hispánica* escribe:

> ¡La envidia! Ésta, ésta es la terrible plaga de nuestras sociedades; ésta es la íntima gangrena del alma española. ¿No fue acaso un español, Quevedo, el que escribió aquella terrible frase de que la envidia está flaca porque muerde y no come?... Es la envidia, es la sangre de Caín más que otra cosa lo que nos ha hecho descontentadizos, insurrectos y belicosos. La sangre de Caín, sí, la envidia... Somos, colectivamente, unos envidiosos; lo somos nosotros, los hispanos de aquende el Atlántico; lo sois vosotros, los de allende. [16]

[14] El ensayo está incluido en el libro *Temas de Unamuno*, Editorial Gredos, Madrid, 1953, pp. 97-129.
[15] *Ciudad y campo (De mis impresiones de Madrid)*, en *Ensayos*, I, p. 370.
[16] *La envidia hispánica*, *Ensayos*, II, p. 409.

Cuando Unamuno redacta en 1912 los capítulos de *Del sentimiento trágico,* el tema está maduro como para que pueda escribir frases como las siguientes:

La guerra es escuela de fraternidad y lazo de amor; es la guerra la que, por el choque y la agresión mutua, ha puesto en contacto a los pueblos, y les ha hecho conocerse y quererse... Y aun el odio depurado que surge de la guerra es fecundo. La guerra es, en su más estricto sentido, la santificación del homicidio; Caín se redime como general de ejércitos. Y si Caín no hubiese matado a su hermano Abel, habría acaso muerto a manos de éste... Fue Caín, el fratricida, el fundador del Estado, dicen los enemigos de éste. Y hay que aceptarlo y volverlo en gloria del Estado, hijo de la guerra. La civilización empezó el día en que un hombre, sujetando a otro y obligándole a trabajar para los dos, pudo vacar a la contemplación del mundo y obligar a su sometido a trabajar de lujo... [17]

Al final de su vida, en mitad de aquella conflictiva Segunda República que surgió en 1931, el tema le vuelve insensiblemente, y es en 1933, presintiendo sin duda la guerra civil, cuando escribe que ésta

empezó con el asesinato fraternal de Abel por su hermano Caín, que abre la lucha de clases. Abel era, según ese mito, pastor, y Caín, labrador, pero acaso sea más acertado decir que la raza o clase abelita —aquella de que Abel es símbolo— era la campesina, y la cainita era la urbana, la ciudadana, la murada, pues fue Caín quien, según el relato bíblico, edificó la primera ciudad de Henoc. Y en ella, en la mítica y simbólica ciudad de Henoc, empezó a organizarse la masa, a amurallarse, a someterse al mando de un jefe, de un mandón, cacique o déspota. Y a someterse para organizar batidas, guerras, revoluciones... La historia llamada sagrada por antonomasia, la mitología bíblica, nos enseñó que Caín mató a su hermano Abel por envidia de su virtud, de ser preferido de Jehová. Ah, pero es que la envidia suele ser, en cierto modo, mutua o recí-

[17] Edición citada, p. 979.

proca; es que el envidiado suele darse a provocar la envidia
del envidioso, a darle envidia; es que el perseguido busca
que se le persiga; es que el atacado de manía persecutoria incita a la manía persecutoria del otro. Es que en las
democracias las masas de instintos rebañegos no hacen sino
azuzar a los solitarios de instintos lobunos. ¿De qué parte
está la envidia?

Por eso considera inalcanzable el lema luisiano de la
perfección del hombre: "ni envidiado ni envidioso". "Ni
aquejado de la envidia pasiva, la de buscar ser envidiado,
ni de la activa, la de envidiar"; de aquí su exclamación:
"¡Ni envidiado ni envidioso! Pero, Dios mío de mi alma,
hay que vivir en sociedad y perpetuarla y para ello hay
que vivir —¡terrible sino!— envidiado y envidioso." Sin
duda son frases agoreras que anticipan ya el enfrentamiento fratricida de 1936, y eso hacen sospechar las palabras
finales del ensayo cuando dice:

> Todas estas sombrías reflexiones sobre el lecho tenebro-
> so de la sociabilidad civil humana, de nuestro Henoc, me
> las he hecho no sé bien desde cuándo, acaso desde que
> tengo uso de razón civil, que me apuntó en medio de una
> fratricida guerra civil —toda guerra es civil y arranque de
> civilización—; pero se me ha enconado ahora en que se
> encona la lucha y sentimos a los campesinos, a los abeli-
> tas, con sus lobos y sus jabalíes, y de otro lado a los ciu-
> dadanos, a los cainitas, con sus perros y sus puercos, y que
> todos son unos. [18]

Esta larga meditación unamuniana sobre la envidia y
el cainismo que la provoca, encuentra sus máximas expresiones en la novela *Abel Sánchez*, pero también en su
obra de teatro *El Otro* (1932). En ese drama ya del final
de su vida que Unamuno subtitula "Misterio en tres jor-
nadas y un epílogo", plantea con más emoción y más
fuerza que nunca ese "misterio" eterno que es la personalidad humana, caracterizada —para nuestro pensador—

---

[18] *La ciudad de Henoc, op. cit.,* pp. 13-15-18.

por una dualidad constitutiva. El argumento está planteado con evidente habilidad escénica: se trata de dos hermanos gemelos —Cosme y Damián—, tan parecidos que su distinción a simple vista es imposible; ambos están casados con dos mujeres —Laura y Damiana, respectivamente—, aunque antes del matrimonio los dos estuvieron enamorados de Laura; en una ausencia de ésta, uno de los dos hermanos mata al otro y le hace desaparecer, pero ¿quién ha matado a quien? El muerto sobrevive en la conciencia del vivo, impidiendo que moralmente se le entierre; el asesinado asesina a su vez moralmente al asesino con su invisible presencia culpable. En definitiva, el drama resucita el mito bíblico: ¿quién es Caín y quién es Abel? En el segundo acto aparece la segunda mujer, pero ¿cuál de ellas, la del muerto o la del vivo? Ni siquiera ellas lo saben; sin embargo, una de ellas va a ser madre, y eso enardece la disputa, pues ambas quieren que el nuevo vástago sea de su marido, sin que logren averiguar si éste es el muerto o el vivo. A lo largo de toda la obra, sólo aparece uno de los dos hermanos en la escena: "el otro", símbolo del misterio de la personalidad. En un momento de tensión dramática, exclama este singular personaje:

¿Yo? ¿Asesino yo? Pero ¿quién soy yo? ¿Quién es el asesino? ¿Quién el asesinado? ¿Quién el verdugo? ¿Quién la víctima? ¿Quién Caín? ¿Quién Abel? ¿Quién soy yo? ¿Cosme o Damián? Sí; estalló el misterio, se ha puesto a razón la locura, se ha dado a luz la sombra. Los dos mellizos, los que como Esaú y Jacob se peleaban ya desde el vientre de su madre, con odio fraternal, con odio que era amor demoníaco, los dos hermanos se encontraron... Era al caer la tarde, recién muerto el sol, cuando se funden las sombras y el verde del campo se hace negro... ¡Odia a tu hermano como te odias a ti mismo! Y llenos de odio a sí mismo, dispuestos a suicidarse mutuamente, por una mujer... pelearon... Y el uno sintió que en sus manos, heladas por el terror, se le helaba el cuello del otro... Y miró a los ojos muertos del hermano por si se veía muerto en ellos... Las sombras de la noche que llegaban envolvieron el dolor del otro... ¡Y Dios se callaba...! ¡Y sigue callándose todavía! ¿Quién es el muerto? ¿Quién es el más muerto? ¿Quién es el asesino? [19]

Hay una dialéctica entre el asesino y el muerto que le hace exclamar al final de la obra:

> ¡Al matador, el remordimiento le hacía creer que era la víctima, que era el muerto! El verdugo se cree la víctima; lleva dentro de sí el cadáver de la víctima, y aquí está su dolor. El castigo de Caín es sentirse Abel, y el de Abel sentirse Caín... [20]

El resultado es que todos somos víctimas y verdugos, todos llevamos dentro un Caín y un Abel luchando en íntima tragedia, y en esa dialéctica dramática y misteriosa se resuelve el destino de nuestra vida, ante el cual sólo cabe el perdón y la caridad: "Hay que perdonarle al criminal su crimen, al virtuoso su virtud, al soberbio su soberbia, al humilde su humildad. Hay que perdonarles a todos el haber nacido..." [21] Este mandato de caridad es indiscernible del evangélico consejo que ordena "no juzgar", pues ambos se inspiran en el profundo misterio que anega la personalidad humana; el Ama de la obra, que expresa la opinión de Unamuno, dice al final de la obra: "¡El misterio! Yo no sé quién soy, vosotros no sabéis quiénes sois, el historiador no sabe quién es (Donde dice: 'El historiador no sabe quién es' puede decirse: 'Unamuno no sabe quién es'), no sabe quién es ninguno de los que nos oyen. Todo hombre se muere, cuando el Destino le traza la muerte, sin haberse conocido, y toda muerte es un suicidio, el de Caín. ¡Perdonémonos los unos a los otros para que Dios nos perdone a todos". [22]

[19] El Otro, Teatro completo, de M. de Unamuno; Aguilar, Madrid, 1959, p. 816.
[20] Ibid., p. 851.
[21] Ibid., p. 852.
[22] Ibid., pp. 853-854.

5. TEMAS UNAMUNIANOS

En la novela *Abel Sánchez* el mito cainita está seguido más de cerca, pues —como veremos al estudiar las influencias— sus inspiradores son formulaciones literarias más próximas. Desde este punto de vista, quizá sea dicha novela la meditación más profunda y seria que al tema dedicó Unamuno. Por otro lado, en ella aparecen reflejos de otros temas unamunianos que sitúan dicha creación en el lugar central de su producción a que nos hemos referido al principio de estas páginas. Uno de esos temas es el del amor maternal tan querido por Unamuno; como es sabido, para él el verdadero amor de mujer es siempre amor de madre, y así nos presenta el de Antonia por Joaquín:

> Antonia había nacido para madre; era todo ternura, todo compasión. Adivinó en Joaquín, con divino instinto, un enfermo, un inválido del alma, un poseso, y sin saber de qué enamoróse de su desgracia. Sentía un misterioso atractivo en las palabras frías y cortantes de aquel médico que no creía en la virtud ajena (VII).

En realidad, todo amor verdadero es compasión, pues sólo por ella entramos en comunión caritativa con el prójimo. En ese amor nos hacemos niños, pues el amor maternal aniña; en ese aniñarse encontraba Unamuno la solución a sus problemas. El tema inunda la literatura unamuniana, tomando manifestaciones muy diversas: exaltación del mito de la "niñez eterna" *(puer eternus)*, elaboración de fantasías de claustro materno, aproximación reiterativa al paisaje de la infancia, búsqueda del sentido de la salvación religiosa como una vuelta a "desnacer". Quizá pocas poesías más expresivas de ese anhelo como aquella que aparece en el *Cancionero*:

> Agranda la puerta, Padre,
> porque no puedo pasar;
> la hiciste para los niños,
> yo he crecido a mi pesar.

Si no me agrandas la puerta
achícame por piedad;
vuélveme a la edad bendita
en que vivir es soñar.

Gracias, Padre, que ya siento
que se va mi pubertad;
vuelvo a los días rosados
en que era hijo no más.

Hijo de mis hijos ahora
y sin masculinidad
siento nacer en mi seno
maternal virginidad.

El tema aparece al final de *Abel Sánchez* cuando Joaquín Monegro, ya en el lecho de muerte, espera el perdón de su nieto. Tras preguntarse angustiado: "¿Por qué he sido tan envidioso, tan malo?... ¿Por qué nací en tierra de odio? En tierra en que el precepto parece ser: 'Odia a tu prójimo como a ti mismo.' Porque he vivido odiándome; porque aquí todos vivimos odiándonos", exclama: "Pero... traed al niño", pues sólo él —inocente aún— puede perdonar; no tarda en decírselo: "Así, sólo de ti, sólo de ti, que no tienes todavía uso de razón, de ti, que eres inocente, necesito perdón" (XXXVIII).

Un tema también muy querido por Unamuno es el del llamado *odium theologicum,* que para él no tiene otro origen que la envidia. En 1904 se había pronunciado en ese sentido cuando advierte "cuán frecuente es que se distingan por su constancia en los rencores los que con más cuidado evitan las violencias externas, muchos que aspiran a la espiritualidad de la religión, muchos que van de tiempo en tiempo a deponer a los pies del confesor sus malas acciones, pero no sus malos sentimientos. Se ha hecho ya proverbial el *odium theologicum,* y es sabido cómo las disputas religiosas se señalan por la acritud y por la virulencia. Son muchos los que creen que es buen camino para llegar al cielo romperle a un hereje la cabeza de un

cristazo, esgrimiendo a guisa de maza un crucifijo".[23]
El pensador vasco cree que esto tiene su origen en la
soberbia espiritual o soberbia teológica, la cual a su vez
es un producto de la envidia del que se cree superior sin
serlo. En 1909 completaba su pensamiento así:

> La envidia brota en los pueblos en que el íntimo y ver-
> dadero resorte religioso, la fe que crea y no la que vegeta
> parásita del dogma, se ha herrumbrado. La envidia, que es
> hija de la ociosidad espiritual, es compañera del dogma-
> tismo. Por algo se ha hecho proverbial el *odium theologi-
> cum.* ¿Y quién no sabe que la envidia más que la gula,
> más que otro cualquiera de los siete pecados capitales, es
> el vicio clerical por excelencia? La envidia es la roña ínti-
> ma de los conventos. Y ello procede de la ociosidad espi-
> ritual.[24]

El tema no podía dejar de salir en *Abel Sánchez,* cuyo
tema central es precisamente el de la envidia; le echa en
cara Abel a Joaquín que se entregue a prácticas religiosas
y le dice: "Todo esto me parece que no nace sino de la
envidia, y me extraña en ti, que te creo muy capaz de
distinguirte del vulgo de los mediocres, me extraña que te
pongas ese uniforme." Le pide explicación Joaquín a Abel,
pues no entiende esas aseveraciones y éste se explaya de
la siguiente forma:

> —Es muy claro. Los espíritus vulgares, ramplones, no
> consiguen distinguirse, y como no pueden sufrir que otros
> se distingan les quieren imponer el uniforme del dogma,
> que es un traje de munición, para que no se distingan. El
> origen de toda ortodoxia, lo mismo en religión que en arte,
> es la envidia, no te quepa duda. Si a todos se nos deja
> vestirnos como se nos antoje, a uno se le ocurre un atavío
> que llame la atención y ponga de realce su natural elegan-
> cia, y si es hombre hace que las mujeres le admiren y se
> enamoren de él, mientras otro, naturalmente ramplón y

---

[23] *Sobre la soberbia, Ensayos,* ed. cit., vol. I, pp. 626-627.
[24] *La envidia hispánica, ibid.,* vol. II, p. 412.

vulgar, no logra sino ponerse en ridículo buscando vestirse
a su modo, y por eso los vulgares, los ramplones, que son
los envidiosos, han ideado una especie de uniforme, un
modo de vestirse como muñecos, que pueda ser moda, porque la moda es otra ortodoxia. Desengáñate, Joaquín: eso
que llaman ideas peligrosas, atrevidas, impías, no son sino
las que no se les ocurren a los pobres de ingenio rutinario, a los que no tienen ni pizca de sentido propio ni originalidad y sí sólo sentido común y vulgaridad. Lo que más
odian es la imaginación porque no la tienen (XVI).

6.   EL PROBLEMA FILOSÓFICO Y LAS INFLUENCIAS
   LITERARIAS

En esta obra, sin embargo, apenas roza los problemas
metafísicos y filosóficos de que trata en muchas otras de
sus obras, pero no puede evitar enfrentarse con el misterio de la personalidad humana. El mismo mito de Caín
y Abel lo plantea ya de entrada: Abel era simpático y
sus obras gratas a Dios; no así ocurrió con Caín. ¿Por qué?
De ahí nace la envidia —pecado original de la historia
humana—, pero esta envidia no habría surgido si antes no
se hubiera dado una *graciosa* preferencia divina. Naturalmente, ésta tampoco se produce porque sí; había algo en
la personalidad de cada uno de ellos que la incitaba. Caín
está poseído por el odio como una fuerza superior a sí
mismo, y Joaquín Monegro reconoce en sí mismo su in-
capacidad de amar. "No es lo peor no ser querido —dice—,
lo peor es no poder querer." Y le contesta Antonia, su
mujer: "Eso dice don Mateo, el párroco, del demonio,
que no puede querer" (VI). El planteamiento del tema
es retomado en el capítulo IX, donde se hace explícita
la relación del tema con la creencia en Dios. "¿Qué es
creer en Dios?", se pregunta Joaquín. En el capítulo XV
vuelve a la carga para profundizar definitivamente en la
cuestión: cree en Dios el que confía en él y, confiando
en él, siente y actúa con libertad; no ocurre así con el
que desconfía en él y se siente preso —condenado a no
ser libre— de sus pasiones. La solución se la da el padre

con que va a confesarse en una conversación que termina
con este diálogo:

—¿Por qué nací, padre?
—Pregunte más bien para qué nació.

La pregunta —¿por qué?— es la del racionalista que
busca científicamente las causas, pero la pregunta importante no es esa, sino la otra —¿para qué?—, pues en
ella anida el impulso espiritual del sentido que debemos
dar a nuestra vida. He aquí la cuestión fundamental del
destino del hombre sobre la tierra: la de la finalidad de
la vida. Ahí llega Unamuno a la cúspide de su meditación
en este libro, donde —a pesar de lo dicho por él— no
deja de estar presente la influencia de Lord Byron.

En efecto, en el "Prólogo" a la segunda edición de la
obra (1928), Unamuno dice explícitamente —en contestación a un norteamericano que preparaba una Tesis doctoral sobre su obra— que él no ha sacado su *Abel Sánchez*
del *Caín* de Lord Byron, sino que, como sus ficciones
novelescas —o nivolescas— está sacada "de la vida social
que siento y sufro —y gozo— en torno mío, y de mi propia vida", [25] no de libros. Ahora bien, esta tajante afirma-
ción unamuniana debe ser convenientemente matizada,
pues Unamuno era un lector empedernido y esas lecturas
es indudable que influían en sus escritos. Por lo que
respecta a la obra que aquí nos ocupa, no puede haber
ninguna duda sobre la influencia —más o menos lejana,
según los casos— de ciertos libros. No me refiero al texto
bíblico, que obviamente sirve de trasfondo a toda la narra-
ción, sino a otro tipo de lecturas. Entre ellas resulta evidente la impresión que sobre él ejercieron dos libros de
autores allende el Atlántico: *Pueblo enfermo*, del boli-
viano Alcides Arguedas, [26] y *La raza de Caín*, del uruguayo

---

[25] En esta edición, p. 51.
[26] Al libro de Arguedas dedica Unamuno por completo su ensayo *La envidia hispánica*, ya citado aquí varias veces.

Carlos Reyles; [27] por muy cierto que sea —y lo es— que ninguna de ellas ejerció una influencia directa en la elaboración dramática de *Abel Sánchez,* las reflexiones que en ambas obras se hacen sobre un cierto clima social de nuestras sociedades hispánicas, evidentemente hicieron pensar a Unamuno y probablemente le estimularon para poner en ejecución una obra literaria sobre el tema de la envidia cainita en una ciudad española —tema que le preocupó, como hemos visto, a lo largo de toda su vida.

Un tratamiento independiente exige que le demos al de la influencia del *Caín* de Lord Byron, que es objeto de un capítulo completo —el XII— en la novela de Unamuno. La ocasión la proporciona el cuadro que pinta Abel Sánchez sobre el primer fratricidio: la muerte de Abel por Caín; le dice el pintor a su amigo que está utilizando como fuentes literarias de inspiración el *Génesis* y el *Caín* byroniano. Joaquín Monegro se lleva este último libro a casa para leerlo y a los pocos días escribe en su *Confesión:*

> Fue terrible el efecto que la lectura de aquel libro me hizo. Sentí la necesidad de desahogarme y tomé unas notas que aún conservo, y las tengo ahora aquí presentes... La lectura del *Caín* de Lord Byron me entró hasta lo más íntimo... El relato de la muerte de Abel, tal y como aquel terrible poeta del demonio nos lo expone, me cegó. Al leerlo sentí que se me iban las cosas y hasta creo que su-

---

[27] El libro de Reyles aparece mencionado muy elogiosamente en el ensayo citado en la nota anterior. Más interés ofrece, sin embargo, la carta que Unamuno dirige al propio Carlos Reyles, donde se expresa en los siguientes términos: "Ha venido a mi memoria aquella novela suya, *La raza de Caín,* a la que dediqué hace años un ensayo crítico y de la que guardo viva impresión. Y precisamente la estaba recordando últimamente, y con idea de releerla, pues que he emprendido la preparación de una novela que se llamará *Abel Sánchez, una historia de pasión,* siendo la pasión la envidia. Al estudio de observación y meditación de ella, en la vida y en los libros, he dedicado años, y no fue su obra de las que menos me ilustraron." La carta está fechada en Salamanca, en 1916, y aparece citada por Carlos Clavería en el ensayo ya citado en este estudio, p. 113, nota 29.

frí un mareo. Y desde aquel día, gracias al impío Byron, empecé a creer.

Ahora bien, si tenemos en cuenta lo que ya sabemos: que Joaquín Monegro era trasunto literario de Unamuno, es imposible negar la influencia del poeta inglés sobre el pensador español. Carlos Clavería, que ha profundizado muy hondamente en el tema de Caín en la obra unamuniana, comentando la última frase del párrafo anterior, llega a afirmar lo siguiente:

> Hasta cree uno adivinar en la contricción de Joaquín Monegro, confrontado con el "misterio" de Lord Byron, aquel noble y cristiano temblor de Unamuno al pensar que tal vez hubiera puesto demasiado empeño en buscar la fama terrenal, en que su mente y su estudio hubieran estado demasiado alejados de Dios en un infernal egoísmo. [28]

Pero, con independencia del impacto que la lectura del *Caín* pudo ejercer en Unamuno y, por reflejo, en su criatura literaria, hay dos aspectos en que dicha lectura pudo tener una repercusión directa en *Abel Sánchez*. El primero de ellos es la acusación que hace Caín a sus padres de haber cogido los frutos del Árbol de la ciencia en vez de haberlo hecho del Árbol de la vida, lo que está evidentemente en relación con la desvalorización espiritual que hace Unamuno del conocimiento. "A mí, por lo menos, la ciencia no ha hecho más que exacerbarme la herida", dice Joaquín Monegro. Hay subyacente a esta obra unamuniana una contraposición entre Vida y Conocimiento, encarnado el primer principio en Abel y el segundo en Joaquín (= Caín), contraposición que en algunos momentos se alinea en una actitud maniqueísta como la byroniana. La serie Muerte-Luzbel-Infierno-Odio, representada por Joaquín, y la serie Vida-Dios-Cielo-Amor, representada por Abel, están suficientemente explícitas en *Abel Sánchez* como para que puedan ser ignoradas; esa contraposición

---

[28] Carlos Clavería, *loc. cit.*, p. 111.

es a veces tan nítida y está tan claramente delimitada que es imposible no ver en ella una lucha maniquea entre el Bien y el Mal, muy cercana a las más íntimas inquietudes religiosas de Unamuno. La influencia de Byron parece aquí clara; también Clavería está de acuerdo en este punto cuando dice: "El *Caín* byroniano pudo dar pábulo a preocupaciones unamunescas de vida y muerte". [29]

El segundo aspecto de esa influencia es algo que aparece apuntado en la obra de Byron, pero éste no desarrolla, aunque sí lo hace Unamuno, probablemente inspirado por el poeta inglés. Me refiero a la mezcla de las sangres de Caín y Abel, idea que esboza el fratricida, hablando con su mujer, antes de emprender su peregrinación: "¡La mezcla de los hijos de Abel con los nuestros hubiera podido aplacar esta sangre feroz que corre por mis venas!" Unamuno retoma esta idea que Byron no desarrolla, casando a Abelín —hijo de Abel y Helena— con Joaquinita —hija de Joaquín y Antonia—; a través de este matrimonio, Joaquín busca no sólo la realización vicaria de su frustrado amor con Helena, sino una verdadera conversión de su personalidad. "Será otra vida —dice—..., otra vida... Empezaré a vivir; seré otro..., otro..., otro..." [30]

El tema lo enlaza Unamuno enseguida con el carácter salvador y redentor de la madre, encarnada en la novela por Antonia; por eso escribe Joaquín Monegro en su

---

[29] *Ibidem.*

[30] En realidad, este aspecto de la influencia byroniana sobre la novela de Unamuno ya fue vista en vida de éste por un crítico, que al publicarse la novela escribió: "En el *Caín*, de Lord Byron, que Unamuno ha tenido a la vista mientras escribía su *Abel Sánchez*, las últimas palabras del fratricida al emprender su peregrinación... son para lamentar que Abel no haya dejado descendencia. Dirigiéndose a su mujer, exclama: '¡...y la mezcla de los hijos de Abel con los nuestros hubiera podido aplacar esta sangre feroz que corre por mis venas!'. Pues bien: el señor Unamuno, reanudando el drama donde lo termina el poeta inglés, y apropiándose la idea genial puesta por éste en boca de Caín, casa a Abel Sánchez y les da una hija..." (Julio Casares, *Crítica profana*, Madrid, 1919, pp. 75 y ss.).

Confesión que será la sangre de Antonia la que obrará el milagro:

> la sangre de Antonia, de la pobre Antonia, de tu santa madre. Esta sangre es agua de bautismo. Esta sangre es la redentora. Sólo la sangre de tu madre, Joaquina, puede salvar a tus hijos, a nuestros nietos. Esa es la sangre sin mancha que puede redimirlos (XXIX).

7. EL FONDO SOCIAL Y AUTOBIOGRÁFICO

Ahora tenemos que retomar las palabras de Unamuno antes transcritas cuando dice que sus novelas están tomadas de la vida social de su entorno y de su propia vida. No podemos echar en saco roto estas palabras que dijo en 1917, al ser elegido concejal del Ayuntamiento salmantino:

> Si de la trágica vida cotidiana de estas pequeñas ciudades saqué los materiales del Joaquín Monegro, del torturado Caín moderno, al que di vida en mi última novela —novela y no nívola—, *Abel Sánchez,* de la regocijada farsa de un Ayuntamiento, ¿no sacaré siquiera un sainete? [31]

El querer retirarle el carácter de *nívola,* cuando todos los análisis conducen a calificarla de tal, probablemente habrá que ponerlo en la cuenta de ese distanciamiento personal al que antes hemos aludido. El relato tenía, en cualquier caso, un carácter intimista, de investigación en pasiones ocultas del alma humana, y así lo dice en 1920:

> En mi novela *Abel Sánchez* intenté escarbar en ciertos sótanos y escondrijos del corazón, en ciertas catacumbas del alma, adonde no gustan descender los más de los mortales. Creen que en estas catacumbas hay muertos, a los

---

[31] *Maquiavelo o de la política, Obras completas,* vol. IV, p. 1111.

que mejor es no visitar, y esos muertos, sin embargo, nos gobiernan. Es la herencia de Caín. [32]

Pero no podemos olvidar tampoco el trasfondo social de la novela, donde está presente la experiencia provinciana de las pequeñas ciudades españolas. Hablando del tema nos dice: "Nadie se queja del mal de muelas ajeno, sino del suyo propio, y así tampoco nadie se queja del mal de los siglos pasados, sino de aquél en que vive", añadiendo que, aunque no sabe lo que le hubiese pasado de haber vivido en otro país o en otro tiempo, "nada me angustia hoy y aquí tanto como el espectáculo de la vulgaridad triunfante e insolente". [33] Y todo ello a causa de la envidia: "Ésta, ésta es la terrible plaga de nuestras sociedades; ésta es la íntima gangrena del alma española"... "Somos colectivamente unos envidiosos". [34] Al profundizar en el análisis, añade: "Este funesto cáncer de la envidia ha engendrado, por reacción, otra enfermedad, y es la manía persecutoria, la enfermedad del que se cree víctima"... "Bien sé que los más de esos genios incomprendidos que se creen víctimas de la hostil mediocridad del ambiente o de las maquinaciones de sus émulos, no pasan de ser unos pobres mentecatos; pero esa enfermedad de creerse perseguido responde a un cierto estado social de persecución efectiva". [35] Salvando las distancias, es evidente que Unamuno tenía una experiencia del tema.

Estas reflexiones debían estar en el ánimo de Unamuno al redactar la novela entre 1916 y 1917, año este último de tremenda conflictividad social, a la que Unamuno no podía ser insensible, como tampoco podía serlo a la experiencia de la I Guerra Mundial, presente de forma latente en la obra. El tema le persigue en los años siguientes, que le llevarán en 1923 al destierro; por eso al publicar la segunda edición en el prólogo de 1928, fecha-

[32] "Prólogo" a La Tía Tula, en Obras completas, vol. II, Ed. Escelicer, Madrid, 1966, p. 1043.
[33] Vulgaridad, Ensayos, II, pp. 671 y 673.
[34] La envidia hispánica, ibid., p. 409.
[35] Ibidem.

do en Hendaya, escribe: "¡Qué trágica mi experiencia de la vida española!... Esta terrible envidia ha sido el fermento de la vida social española." En los años que median entre una y otra edición, dice Unamuno: "He sentido todo el horror de la calentura de la lepra nacional"...

En estos cerca de cinco años que he tenido que vivir fuera de mi España he sentido cómo la vieja envidia tradicional —y tradicionalista— española, la castiza, la que agrió las gracias de Quevedo y las de Larra, ha llegado a constituir una especie de partidillo político, aunque, como todo lo vergonzante e hipócrita, desmedrado; he visto a la envidia constituir juntas defensivas, la he visto revolverse contra toda natural superioridad.

Pero es que hay envidias y envidias; por eso, añade:

Al fin la envidia que yo traté de mostrar en el alma de mi Joaquín Monegro es una envidia trágica, una envidia que se defiende, una envidia que podría llamarse angélica; ¿pero esa otra envidia hipócrita, solapada, abyecta, que está devorando a lo más indefenso del alma de nuestro pueblo? ¿Esa envidia colectiva?, ¿la envidia del auditorio que va al teatro a aplaudir las burlas a lo que es más exquisito o más profundo?

El tema le afectaba a Unamuno en lo más vivo y, por eso, junto al entramado social que podía inspirarle su novela, hay que buscar también en el fondo autobiográfico de la misma. Carlos Clavería nos da una pista poco conocida cuando nos desvela lo siguiente:

Quién sabe si Unamuno no asoció al tema de Caín y a su obsesión por la envidia hispánica... algo más íntimo y secreto que había experimentado y sufrido en su propia vida, algo que sólo puede suponerse conociendo algunos detalles de la biografía de don Miguel de Unamuno que un cierto pudor puede hoy hacer difícil desvelar. Los eruditos del porvenir no podrán, sin embargo, pasar por alto la existencia de un hermano menor de don Miguel, Félix, farmacéutico sin botica, solterón un tanto raro, vecino de

Bilbao hasta su fallecimiento, que conllevó mal la fama literaria y pública de la celebridad de la familia. En la autodisección del espíritu de Joaquín Monegro pudieron espejarse momentos, matices o recuerdos antiguos de aquella real saña fraterna, iniciada Dios sabe cuándo. [36]

El mismo crítico nos narra la anécdota conocida hasta hace poco en Bilbao de que en 1923, al ser Unamuno desterrado a Fuerteventura, el dicho hermano Félix llegó a ponerse un cartelito en la solapa, para evitar enojosas preguntas de sus paisanos, en el que podía leerse: "¡No me hable usted de mi hermano!"

Estas anécdotas son muy elocuentes, y cobran nueva significación si las ponemos en relación con otras declaraciones del propio Miguel de Unamuno. En su ensayo *Sobre la soberbia,* dice: "De ordinario lo que aborrezco en otros aborrézcolo por sentirlo en mí mismo... Es mi envidia, mi soberbia..., lo que me hace aborrecer la soberbia, la envidia..." [37] Muchos años después declara: "Toda novela verdaderamente original es autobiográfica. El autor —poeta más bien, o sea, creador—, se pone, o mejor se da, en todas y cada una de sus criaturas. Porque el poeta es un mundo..." [38] La declaración viene a coincidir con la que hace en 1935 específicamente sobre su novela *Abel Sánchez;* dice entonces: "La razón es que, como Quevedo, escribo de esa peste del mundo no como médico, sino como enfermo. Marañón conoce mi novela quirúrgica *Abel Sánchez,* y puedo asegurarle que ensayé en mí mismo la pluma-lanceta con que la escribí". [39]

Muchos de los que le conocieron personalmente no dudan en atribuirle personalmente ese terrible pecado. Jacinto Grau interpreta su obsesión por la envidia como uno de los "tigres" del alma de Unamuno: "Los tigres de Unamuno —dice—, o sea las pasiones incubadas en

[36] C. Clavería, *op. cit.,* pp. 108-109.
[37] *Sobre la soberbia, loc. cit.,* p. 621.
[38] *Novelas de actualidad,* 1912.
[39] *Comentarios quevedianos:* II. *Invidiados y invidiosos, Obras completas,* vol. III, p. 1064.

su propia sangre... Uno de esos tigres es la devoradora y lacerante envidia". [40] Enrique Areilza, amigo de Unamuno, le considera perdido para la ciencia "mientras no se desprenda de la envidia y de la egolatría que le tienen consumido". [41] Se comprende así la profundidad de su meditación sobre la envidia como un proceso de introversión psicoanalítica; si en principio, dicho sentimiento surge por comparación con el nivel social en que vivimos, su manantial no puede ser otro que el orgullo-vanidad, es decir, el sentimiento de la importancia de nuestro propio *ego,* actuando como acicate del afán de singularidad. De aquí que sea el propio Unamuno quien nos diga: "Una vez satisfecha el hambre, y ésta se satisface pronto, surge la vanidad, la necesidad —que lo es— de imponerse y sobrevivir en otros. El hombre suele entregar la vida por la bolsa; pero entrega la bolsa por la vanidad". [42] Y enseguida se explaya sobre esa estrecha relación entre el afán de singularizarse y la envidia:

> Tremenda pasión esa de que nuestra memoria sobreviva por encima del olvido de los demás si es posible. De ella arranca la envidia, a la que se debe, según el relato bíblico, el crimen que abrió la historia humana. El asesinato de Abel por su hermano Caín. No fue lucha por pan, fue lucha por sobrevivir en Dios, en la memoria divina. La envidia es mil veces más terrible que el hambre, porque es hambre espiritual. Resuelto el que llamamos problema de la vida, del pan, convertiríase la Tierra en un infierno, por surgir con más fuerza la lucha por la sobrevivencia. [43]

La envidia unamuniana entronca así con el egocentrismo que le atribuyen tantos de sus críticos. Quintiliano Saldaña dice que sufría una "hiperestesia del yo, originada por intoxicación del éxito prematuro" [44] y Pío Baroja

[40] J. Grau, *Estampas,* Buenos Aires, 1914, pp. 98 y 110.
[41] *Revista de la Universidad de Buenos Aires,* 4.ª época, año III, t. IV, vol. II, 1949, p. 476. Citado por Clavería, p. 109, nota 21.
[42] *Del sentimiento trágico...,* Ensayos, II, p. 776.
[43] *Ibid.,* p. 778.
[44] Q. Saldaña, *Miguel de Unamuno,* Madrid, 1919, p. 6.

asegura sin ambages: "Creo que Unamuno tenía mucho de patológico en la cabeza, sobre todo un egotismo tan enorme que le aislaba del mundo, a pesar de que él creía lo contrario".[45] Ahora bien, profundizar en estos aspectos es ya otro tema al que dediqué mis esfuerzos en la Tesis doctoral citada al comienzo de este escrito: *Miguel de Unamuno a la luz de la psicología* (1967).[46]

CONCLUSIÓN: "ABEL SÁNCHEZ" EN LA LITERATURA UNIVERSAL

El análisis relativamente pormenorizado que hemos hecho de *Abel Sánchez,* situándolo dentro de la ideología unamuniana y del contexto social y psicológico de su vida, quizá puede desvirtuar el valor de esta *nívola.* Sin duda creo que al final de estas páginas todos los lectores tienen claro el lugar clave de esta obra en la evolución unamuniana y su importantísima significación ideológica en el conjunto de su producción intelectual. Sin embargo, dudamos que se haya cobrado conciencia de su valor literario en el ámbito de nuestras letras, y es a este aspecto al que queremos dedicar algunas reflexiones en esta conclusión final.

Miguel de Unamuno se incorpora con *Abel Sánchez* a una larga tradición literaria que tiene como eje el tema de Caín y de su hermano Abel con todas sus implicaciones: primer crimen —fratricida— de la historia humana, consecuencias y significado del mismo, simbología implícita en él, fundación de la primera ciudad... Clavería tiene razón al decir que si los eruditos alemanes hubiesen

---

[45] Pío Baroja, *Memorias,* vol. III, Madrid, 1945, p. 148.

[46] Sobre el tema véase el muy interesante estudio de M. Cabaleiro Goas, *Werther, Mischkin y Joaquín Monego vistos por psiquiatra. Trilogía patográfica,* citado en la bibliografía. La parte correspondiente a Unamuno incluye los siguientes epígrafes: "Joaquín Monego y Unamuno. El caso de Joaquín Monego. Joaquín Monego ante la psicología individual. Yoísmo. Celos y envidia. Odio y resentimiento. Síntesis final."

analizado la obra de Unamuno a la luz de la *Literatur-wissenschaft,* hoy nos ofrecería aspectos nuevos hasta hoy no revelados; creo que esto ocurre con la novela que analizamos.

El tema exige un conocimiento de esa tradición literaria a la que han prestado atención críticos de muy diverso origen. Entre ellos es imprescindible citar a Arturo Graf, [47] Enrique Varona [48] y A. Guli. [49] Sería, sin embargo, más interesante fijarse en aquellos estudios que mantienen una evidente afinidad con los planteamientos de Unamuno; así ocurre, por ejemplo, con la estrecha relación que establece entre el primer fratricidio y la fundación de la primera ciudad, ya bien visto por el viejo F. Lenormant. [50] Desde este punto de vista, es indudable el parentesco entre Caín y Prometeo, ya que al no haberse visto aquél favorecido por la gracia divina inicia una aventura humana basada en el esfuerzo personal con el fin de buscar el beneplácito de Dios o quizá acercarse y asemejarse a él. Este carácter prometeico de la figura cainita no ha sido suficientemente subrayado en la novela de Unamuno; sin duda influyó aquí la mediocridad y vulgaridad del medio social en que se sitúa la acción de Joaquín Monegro —una ciudad española de provincias—, rebajando la grandeza del personaje. Joaquín Monegro es un Caín español con todas sus implicaciones, y de todas éstas sin duda no la menor es el achatamiento del medio, lo que Unamuno llamaba "rastacuerismo" —y al cual dedicó agudas reflexiones en su ensayo *La envidia hispánica.* [51]

---

[47] "La poesía di Caino", *Nuova Antología,* 5.ª serie, 1908, CXXXIV.

[48] "El personaje bíblico Caín en las literaturas modernas", en *Obras,* II, La Habana, 1936.

[49] *La figura di Caino nella letteratura moderna,* Palermo, 1922.

[50] "Le fratricide et la fondation de la première ville", en *Les origines de l'Histoire d'après la Bible et les traditions des peuples orientaux,* I, 2.ª ed., París, 1880.

[51] Sobre la relación entre este ensayo y la novela *Abel Sánchez* véase el libro de Arthur Wills *España y Unamuno,* Nueva York, 1938, en cuyo capítulo V: "La sombra de Caín", se habla del tema.

Acorde con esta observación Clavería se pregunta: "¿No será éste uno de los casos en que cierto *Erlebnis* se impone a un tema y hasta a la misma literatura." [52]

En cualquier caso, es indudable que Unamuno se documentó ampliamente sobre el tema antes de proceder a la redacción de su novela, y en esa documentación probablemente prestó más atención a la línea interpretativa de carácter religioso que gira en torno a la leyenda judeocristiana que a otros aspectos paganos o literarios de la misma. [53] Son muchas las veces en que la pasión de Joaquín se identifica con una posesión satánica en la frecuente alusión al demonio. "La muerte es un ser, es el demonio, es el Odio hecho persona, es el dios del alma", dice. En el discurso del banquete, cuando los dos amigos se abrazan, a Joaquín le dice "un demonio": "¡Si pudieras ahora ahogarle en tus manos!"; al regresar a su casa le dice a Antonia, su mujer: "A ver si me sacas el demonio, a ver si me lo sorbes." En el mismo discurso del banquete en homenaje a Abel, Monegro dice: "Nuestro Abel Sánchez admira a Caín como Milton a Satán; está enamorado de su Caín como Milton lo estuvo de su Satán." La figura de Caín como criatura satánica ocupa buena parte de la literatura universal, a la cual se han referido A. Graf, [54] N. S. Thompson [55] y M. Rudwin, [56] y es seguro que Unamuno conocía buena parte de esa literatura.

El aspecto quizá más original e interesante de ese tipo de literatura es la reacción contra la tradicional idealización de Abel y, por contra, la defensa de lo que Caín

---

[52] Clavería, *op. cit.,* p. 110. Al hablar del tema, este agudo crítico considera interesante la consulta del libro de J. Körner *Erlebnis-Motiv-Stoff. Vom Geiste neurer literatur forschung. Festschrift für Oskar Walzel,* Wildpark-Potsdam, 1924.

[53] V. Aptowitzer, *Kain und Abel in der Agada, den Apokriphen, der hellemistischen, christlichen und muhammedanischen Litteratur,* Wien & Leipzig, 1922.

[54] *The Story of the Devil,* Nueva York, 1931.

[55] "The Rebel Angel in Later Poetry", *Philological Quaterly,* XXVII, 1948.

[56] *The Devil in Legend and Literatur,* Chicago, Londres, 1931.

puede tener de valioso. [57] Cuando Unamuno dice en su prólogo a la segunda edición que "Joaquín Monegro es moralmente superior a todos los Abeles" está expresando dicha preferencia. No es la única vez; ya antes —en 1924— había escrito: "Los que hayan leído mi novela *Abel Sánchez* sabrán que siento compasión admirativa, o admiración compasiva, por Caín, que era progresista." [58] La frase no admite dudas, y viene a corroborar aquella identificación que ya adelantábamos entre Joaquín Monegro —es decir, Caín— y Unamuno.

El tema es apasionante y un desarrollo pormenorizado del mismo exigiría dedicarle un largo estudio, que aquí no podemos hacer, poniéndole —desde luego— en conexión con los rasgos psicológicos unamunianos a que nos hemos referido en el anterior apartado. Como final de esta breve conclusión, limitémonos a señalar la importancia de la temática esbozada, a través de la cual la novela de Unamuno se incorpora a un motivo de la literatura universal, dándole honda resonancia española.

José Luis Abellán

El Escorial, 14 de julio de 1984.

---

[57] Véase J. Rothschild, *Kain und Abel in der deutschen Literatur,* Würzburg, 1933 (en especial el capítulo "Verherzlichung Kains in neurer Dichtung").

[58] *Obras completas,* IV, Aguado, pp. 798 y ss.

NOTICIA BIBLIOGRÁFICA

A) EDICIONES DE «ABEL SÁNCHEZ»

Abel Sánchez. Una historia de pasión, Renacimiento, Madrid, 1917; 233 pp.
——, 2.ª edición, Renacimiento, Madrid, 1928; 242 pp. Esta edición lleva un prólogo del autor fechado en Hendaya, el 14 de julio de 1928.
——, Espasa-Calpe, Buenos Aires, 1940; 152 pp. Es el número 112 de la Colección Austral y de ella se han hecho numerosísimas ediciones.
——, Esta obra se ha editado también en las dos ediciones de *Obras completas,* de Unamuno, que se han realizado: la de Afrodisio Aguado y la de Editorial Escelicer.
Abel Sánchez, unabriged novel of Miguel de Unamuno, edited with an Introduction by Angel del Río and Amelia A. de del Río, The Dryden Press, New York, 1947; 191 pp.

B) TRADUCCIONES DE «ABEL SÁNCHEZ»

Al alemán:

Abel Sánchez: die Geschichte einer Leidenschaft, prólogo y traducción de Walter von Wartburg, München, Meyer und Jessen, 1925, Gesammelte Werke, II, 169 pp.
——, Segunda edición, Leipzig, Phaidon, 1933, 194 pp.

Al checo:

Abel Sánchez. Pribeh Vásnae, Praga, Aventinum, 1928, 120 páginas, Románová Knihovna Aventina, vol. XLV.

Al francés:

Abel Sánchez. Une histoire de passion, traduit de l'espagnol
par Emma H. Clouard, París, Mercure de France, 1939,
224 pp.

Al holandés:

Abel Sánchez, Verhaal van Hartstocht, traducción del Dr. G.
J. Geers, Arnhem, N. V. van Loghum Slaterus' Uitgevers,
Maatschappij, 1927, 191 pp.
——, Segunda edición, Cerer-Meppel, 1953, 198 pp., Onvslag
Libra Studio.

Al inglés:

Abel Sánchez and other Stories. Translated and with and Introduction by Anthony Kerrigan, Chicago, Gateway Edi-
tions Inc., 1956, XIII + 216 pp. (Contiene además "La
locura del doctor Montarco", y *San Manuel Bueno, mártir.*)
——, Hay reseña en *Time,* New York, LXVIII, núm. 5, 30
julio 1956, 56 y 58.

Al italiano:

L'ultima leggenda di Caino, traducción de Gilberto Beccari,
Milano, Dall'Oglio Editore, 1953. "I Corvi", Collana Uni-
versale Moderna, núm. 65, 179 pp.
——, *Abele Sánchez,* traducción de Flaviarosa Rossini, en el
libro *Miguel de Unamuno. Romanzi e Drammi,* Roma,
Gherardo Casini, 1955, pp. 161-250.

BIBLIOGRAFÍA SELECTA

A) Estudios sobre la novela (incluidas reseñas y críticas en el momento de su aparición)

Cabaleiro Goas, M.: *Werther, Mischkin y Joaquín Monegro vistos por un psiquiatra. Trilogía patográfica.* Prólogo de J. J. López Ibor, Barcelona, Editorial Apolo, 1951, 310 pp.

Caporali, Renato: "Esistenzialismo di Unamuno", en *La Carovana,* Roma, enero-marzo 1954, núm. 13, 19-20.

Casares, Julio: *"Abel Sánchez, una historia de pasión",* en su libro *Crítica profana,* II, Madrid, 1919, 75 y ss.

Clavería, Carlos: "El tema de Caín en la obra de Unamuno", en *Ínsula,* núm. 52, Madrid, 15 abril 1950. Incluido en su libro *Temas de Unamuno,* Madrid, Gredos, 1953, 93-122.

Cobb, Christopher, "Sobre la elaboración de Abel Sánchez", en *Cuadernos de la Cátedra Miguel de Unamuno,* XXII, 1972.

Falgairolle, A. de: *"Abel Sánchez. Une histoire de passion",* en *Mercure de France,* 1939, CCXCIV, 230-235.

Jarnés, Benjamín: "Caín y Epimeteo", en *Romance,* México, 1940, I, núm. 14, 1-2.

Maldonado de Hostos, Cándida: "Abel y Caín en la temática unamunesca", en *Alma latina,* San Juan, Puerto Rico, febrero 1935, núm. 55.

Masila, Henry: "Miguel de Unamuno's *Abel Sánchez",* tesis para el grado de Master of Arts, leída en la Universidad de Emory (EE. UU.) en 1950.

Olivera, M. A.: "Unamuno y Chesterton a través de dos novelas", en *Argentina Libre,* Buenos Aires, 15 agosto 1940. (Abel Sánchez y La esfera y la cruz.)

45

Pitollet, Camille: "Reseña en *Hispania*", París, 1920, III, 376-381.

Rof Carballo, J.: "Envidia y creación", en *Ínsula*, núm. 145, Madrid, 15 diciembre 1958.

Stevens, Rosemary Hunt: "Unamuno and the Cain and Abel Theme", tesis para el grado de Master of Arts, leída en Radcliff College (EE. UU.) en 1953.

Wills, Arthur: *España y Unamuno. Un ensayo de apreciación*, New York, Instituto de las 375 pp., 1938, cap. V, "La sombra de Caín", pp. 181-204.

B)   BREVE BIBLIOGRAFÍA SOBRE UNAMUNO

Abellán, José Luis, *Miguel de Unamuno a la luz de la Psicología*, Editorial Tecnos, Madrid, 1964.

——, *Sociología del 98*, Ediciones Península, Barcelona, 1973.

Blanco Aguinaga, Carlos, *El Unamuno contemplativo*, F.C.E., México, 1959.

Clavería, Carlos, *Temas de Unamuno*, Editorial Gredos, Madrid, 1953.

Ferrater Mora, José, *Unamuno. Bosquejo de una filosofía*, Buenos Aires, 1957.

González Egido, Luciano, *Salamanca, la gran metáfora de Unamuno*, Ediciones de la Universidad de Salamanca, 1983.

Granjel, Luis S., *Retrato de Unamuno*, Editorial Guadarrama, Madrid, 1957.

Laín Entralgo, Pedro, *La generación del 98*, Espasa-Calpe, Madrid, 1947.

Marías, Julián, *Miguel de Unamuno*, Espasa-Calpe, Buenos Aires, 1950.

Meyer, François, *L'ontologie de M. de Unamuno*, 1955.

París, Carlos, *Unamuno. Estructura de su mundo intelectual*, Ediciones Península, Barcelona, 1968.

Salcedo, Emilio, *Vida de don Miguel*, Anaya, Salamanca, 1964.

Serrano Poncela, S., *El pensamiento de Unamuno*, F.C.E., México, 1953.

NOTA PREVIA

H E utilizado para esta edición la publicada por Unamuno en 1917 (Madrid, Renacimiento), compulsándola con la segunda (Madrid, Renacimiento, 1928). Entre una y otra edición no hay variantes; la simple corrección de erratas que se colaron en la primera edición o algún pequeño —brevísimo— retoque de estilo no bastan a darles el carácter de tales. De todos modos, indico en las notas a pie de página esas pequeñísimas variaciones. Aquí se reproduce la segunda edición (1928), cuya puntuación he modernizado y actualizado para facilitar la lectura de la obra. Esta segunda edición fue la última corregida por Unamuno, a la que añadió un prólogo fechado en Hendaya el 14 de julio de dicho año; curiosamente, un 14 de julio fechamos nosotros también la redacción de nuestra Introducción crítica a la edición que ahora tiene en sus manos el lector. Asombra comprobar que en este medio siglo largo transcurrido entre que Unamuno redactara su novela y el actual presente español, los cambios ocurridos en la *intrahistoria* de nuestra sociedad hayan sido tan pocos como para dar a la novela plena actualidad. En las notas a pie de página, he tendido tanto a darle ese sentido de actualidad como el fondo eterno de ideas y problemas sobre el que se mueve nuestro genial vasco, dando a esta nívola toda su trascendencia humana y filosófica.

J. L. A.

ABEL SÁNCHEZ
UNA HISTORIA DE PASIÓN

POR

MIGUEL DE UNAMUNO

RENACIMIENTO
SAN MARCOS, 42
MADRID
1917

PRÓLOGO A LA SEGUNDA EDICIÓN

Al corregir las pruebas de esta segunda edición de mi *Abel Sánchez: una historia de pasión* —acaso estaría mejor: *historia de una pasión*— y corregirlas aquí, en el destierro fronterizo, a la vista pero fuera de mi dolorosa España, he sentido revivir en mí todas las congojas patrióticas de que quise librarme al escribir esta historia congojosa. Historia que no había querido volver a leer.

La primera edición de esta novela no tuvo en un principio, dentro de España, buen suceso. Perjudicóle, sin duda, una lóbrega y tétrica portada alegórica que me empeñé en dibujar y colorear yo mismo; pero perjudicóle acaso más la tétrica lobreguez del relato mismo. El público no gusta que se llegue con el escalpelo a hediondas simas del alma humana y que se haga saltar pus.

Sin embargo, esta novela, traducida al italiano, al alemán y al holandés, obtuvo muy buen suceso en los países en que se piensa y siente en estas lenguas. Y empezó a tenerlo en los de nuestra lengua española. Sobre todo después que el joven crítico José A. Balseiro, en el tomo II de su *El Vigía,* le dedicó un agudo ensayo. De tal modo que se ha hecho precisa esta segunda edición.

Un joven norteamericano que prepara una tesis de doctorado sobre mi obra literaria me escribía hace poco preguntándome si saqué esta historia del *Caín* de lord Byron, y tuve que contestarle que yo no he sacado mis ficciones novelescas —o nivolescas— de libros, sino de la vida social que siento y sufro —y gozo— en torno mío y de mi

51

propia vida. Todos los personajes que crea un autor, si los crea con vida; todas las criaturas de un poeta, aun en las más contradictorias entre sí —y contradictorias en sí mismas—, son hijas naturales y legítimas de su autor —¡feliz si autor de sus siglos!—, son partes de él.

Al final de su vida atormentada, cuando se iba a morir, decía mi pobre Joaquín Monegro: "¿Por qué nací en tierra de odios? En tierra en que el precepto parece ser: «Odia a tu prójimo como a ti mismo.» Porque he vivido odiándome; porque aquí todos vivimos odiándonos. Pero... traed al niño." Y al volver a oírle a mi Joaquín esas palabras, por segunda vez y al cabo de los años —¡y qué años!— que separan estas dos ediciones, he sentido todo el horror de la calentura de la lepra nacional española y me he dicho: "Pero... traed al niño." Porque aquí, en esta mi nativa tierra vasca —francesa o española es igual—, a la que he vuelto de largo asiento después de treinta y cuatro años que salí de ella, estoy reviviendo mi niñez. No hace tres meses escribía aquí:

> Si pudiera recojerme del camino,
> y hacerme uno de entre tantos como he sido;
> si pudiera al cabo darte, Señor mío,
> el que en mí pusiste cuando yo era niño...! [1]

Pero ¡qué trágica mi experiencia de la vida española! Salvador de Madariaga, comparando ingleses, franceses y españoles, dice que en el reparto de los vicios capitales de que todos padecemos, al inglés le tocó más hipocresía que a los otros dos, al francés más avaricia y al español más envidia. Y esta terrible envidia, *phthonos* de los griegos, pueblo democrático y más bien demagógico, como el español, ha sido el fermento de la vida social española. Lo supo acaso mejor que nadie Quevedo; lo supo Fray Luis de León. Acaso la soberbia de Felipe II no fue más que envidia. "La envidia nació en Cataluña", me decía

---

[1] Poema incluido en el *Cancionero*, núm. 107, fechado el 10 de abril de 1928. *(N. del E.)*

una vez Cambó en la Plaza Mayor de Salamanca. ¿Por qué no en España? Toda esa apestosa enemiga de los neutros, de los hombres de sus casas, contra los políticos, ¿qué es sino envidia? ¿De dónde nació la vieja Inquisición, hoy rediviva?

Y al fin la envidia que yo traté de mostrar en el alma de mi Joaquín Monegro es una envidia trágica, una envidia que se defiende, una envidia que podría llamarse angélica; ¿pero esa otra envidia hipócrita, solapada, adyecta, que está devorando a lo más indefenso del alma de nuestro pueblo? ¿Esa envidia colectiva?, ¿la envidia del auditorio que va al teatro a aplaudir las burlas a lo que es más exquisito o más profundo?

En estos años que separan las dos ediciones de esta mi historia de una pasión trágica —la más trágica acaso—, he sentido enconarse la lepra nacional y en estos cerca de cinco años que he tenido que vivir fuera de mi España he sentido cómo la vieja envidia tradicional —y tradicionalista— española, la castiza, la que agrió las gracias de Quevedo y las de Larra, ha llegado a constituir una especie de partidillo político, aunque, como todo lo vergonzante e hipócrita, desmedrado; he visto a la envidia constituir juntas defensivas, la he visto revolverse contra toda natural superioridad. Y ahora, al releer por primera vez mi *Abel Sánchez* para corregir las pruebas de esta segunda —y espero que no última— edición, he sentido la grandeza de la pasión de mi Joaquín Monegro y cuán superior es moralmente a todos los Abeles. No es Caín lo malo; lo malo son los cainitas. Y los abelitas.

Mas como no quiero hurgar en viejas tristezas, en tristezas de viejo régimen —no más tristes que las del llamado nuevo—, termino este prólogo escrito en el destierro, en la parte francesa de la tierra de mi niñez, pero a la vista de mi España, diciendo con mi pobre Joaquín Monegro: "Pero... ¡traed al niño!"

MIGUEL DE UNAMUNO

En Hendaya, el 14 de julio de 1928.

ABEL SÁNCHEZ

UNA HISTORIA DE PASIÓN

Al morir Joaquín Monegro encontróse entre sus papeles una especie de Memoria de la sombría pasión que le hubo devorado en vida. Entremézclase en este relato fragmentos tomados de esa confesión —así lo rotuló—, y que vienen a ser al modo de comentario que se hacía Joaquín a sí mismo de su propia dolencia. Esos fragmentos van entrecomillados. La *Confesión* iba dirigida a su hija. [1]

[1] Como sabe el lector que haya leído nuestra Introducción crítica, Joaquín Monegro es el verdadero protagonista de la novela, a pesar del título. El personaje es una contrafigura literaria del propio Unamuno y es muy posible que parte de la *Confesión* a que aquí se alude formara parte de un supuesto diario íntimo de Unamuno escrito sobre la base de sus propias experiencias y reflexiones.

I

No recordaban Abel Sánchez y Joaquín Monegro desde cuándo se conocían. Eran conocidos desde antes de la niñez, desde su primera infancia, pues sus sendas nodrizas[2] se juntaban y los juntaban cuando aún ellos no sabían hablar. Aprendió cada uno de ellos a conocerse conociendo al otro. Y así vivieron y se hicieron juntos amigos desde nacimiento casi, más bien hermanos de crianza.[3]

En sus paseos, en sus juegos, en sus otras amistades comunes, parecía dominar e iniciarlo todo Joaquín, el más voluntarioso; pero era Abel quien, pareciendo ceder, hacía la suya siempre. Y es que le importaba más no obedecer que mandar. Casi nunca reñían. "¡Por mí como tú quieras...!", le decía Abel a Joaquín, y éste se exasperaba a las veces porque con aquel "¡como tú quieras...!" esquivaba las disputas.

—¡Nunca me dices que no! —exclamaba Joaquín.

—Y ¿para qué? —respondía el otro.

—Bueno, este no quiere que vayamos al Pinar —dijo

[2] En la primera edición: "desde *la* primera infancia, pues *ya* sus sendas...".

[3] El verdadero argumento de la novela es la relación dialéctica de Abel Sánchez y Joaquín Monegro, encarnación contemporánea de la pareja bíblica Caín y Abel; de ahí la necesidad de presentarlos "hermanados", como se hace aquí.

una vez aquel cuando varios compañeros se disponían a un paseo.

—¿Yo?, ¡pues no he de quererlo...! —exclamó Abel—. Sí, hombre, sí; como tú quieras. ¡Vamos allá!

—¡No, como yo quiera, no! ¡Ya te he dicho otras veces que no! ¡Como yo quiera no! ¡Tú no quieres ir!

—Que sí, hombre...

—Pues entonces no lo quiero yo...

—Ni yo tampoco...

—Eso no vale —gritó ya Joaquín—. ¡O con él o conmigo!

Y todos se fueron con Abel, dejándole a Joaquín solo.

Al comentar éste en sus *Confesiones* tal suceso de la infancia, escribía: "Ya desde entonces era él simpático, no sabía por qué, y antipático yo, sin que se me alcanzara mejor la causa de ello, y me dejaban solo. Desde niño me aislaron mis amigos".[4]

Durante los estudios del bachillerato, que siguieron juntos, Joaquín era el empollón, el que iba a la caza de los premios, el primero en las aulas y el primero Abel fuera de ellas, en el patio del Instituto, en la calle, en el campo, en los novillos, entre los compañeros. Abel era el que hacía reír con sus gracias y, sobre todo, obtenía triunfos de aplauso por las caricaturas que de los catedráticos hacía. "Joaquín es mucho más aplicado, pero Abel es más listo... si se pusiera a estudiar..." Y este juicio común de los compañeros, sabido por Joaquín, no hacía sino envenenarle el corazón. Llegó a sentir la tentación de descuidar el estudio y tratar de vencer al otro en el otro campo, pero diciéndose: "¡bah!, qué saben ellos...», siguió fiel a su propio natural. Además, por más que procuraba aventajar al otro en ingenio y donosura no lo conseguía. Sus chistes no eran reídos y pasaba por ser funda-

---

[4] La contraposición entre Abel, simpático y agraciado, y Joaquín, antipático y torturado, simbolizando a la oposición bíblica entre un Abel, grato a los ojos de Dios, y un Caín, negado para ello, va a aparecer —en distintas formas— a lo largo de toda la novela.

mentalmente serio. "Tú eres fúnebre" —solía decirle Federico Cuadrado— "tus chistes son chistes de duelo".

Concluyeron ambos el bachillerato. Abel se dedicó a ser artista siguiendo el estudio de la pintura y Joaquín se matriculó en la Facultad de Medicina. [5] Veíanse con frecuencia y hablaba cada uno al otro de los progresos que en sus respectivos estudios hacían, empeñándose Joaquín en probarle a Abel que la Medicina era también un arte y hasta un arte bella, en que cabía inspiración poética. Otras veces, en cambio, daba en menospreciar las bellas artes, enervadoras del espíritu, exaltando la ciencia, que es la que eleva, fortifica y ensancha el espíritu con la verdad.

—Pero es que la Medicina tampoco es ciencia —le decía Abel—. No es sino una arte, [6] una práctica derivada de ciencias.

—Es que yo no he de dedicarme al oficio de curar enfermos —replicaba Joaquín.

—Oficio muy honrado y muy útil... —añadía el otro.

—Sí, pero no para mí. Será todo lo honrado y todo lo útil que quieras, pero detesto esa honradez y esa utilidad. Para otros el hacer dinero tomando el pulso, mirando la lengua y recetando cualquier cosa. Yo aspiro a más.

—¿A más?

—Sí, yo aspiro a abrir nuevos caminos. Pienso dedicarme a la investigación científica. La gloria médica es de los que descubrieron el secreto de alguna enfermedad y no de los que aplicaron el descubrimiento con mayor o menor fortuna.

—Me gusta verte así, tan idealista.

—Pues qué, ¿crees que sólo vosotros, los artistas, los pintores, soñáis con la gloria?

[5] La contraposición a que aludíamos en la nota anterior adquiere carácter paradigmático y conceptual en la que se produce entre Arte (pintura) y Ciencia (medicina), ejemplificados respectivamente por Abel y Joaquín; esa contraposición se mantendrá constante en la novela.

[6] Primera edición: "*un* arte".

—Hombre, nadie te ha dicho que yo sueñe con tal cosa...

—¿Que no? ¿pues por qué, si no, te has dedicado a pintar?

—Porque si se acierta es oficio que promete...

—¿Que promete?

—Vamos, sí, que da dinero.

—A otro perro con ese hueso, Abel. Te conozco desde que nacimos casi. A mí no me la das. Te conozco.

—¿Y he pretendido nunca engañarte?

—No, pero tú engañas sin pretenderlo. Con ese aire de no importarte nada, de tomar la vida en juego, de dársete un comino de todo, eres un terrible ambicioso...

—¿Ambicioso yo?

—Sí, ambicioso de gloria, de fama, de renombre...[7] Lo fuiste siempre, de nacimiento. Sólo que solapadamente.

—Pero ven acá, Joaquín, y dime: ¿te disputé nunca tus premios? ¿no fuiste tú siempre el primero en clase? ¿el chico que promete?

—Sí, pero el gallito, el niño mimado de los compañeros tú...

—Y ¿qué iba yo a hacerle...?

—¿Me querrás hacer creer que no buscabas esa especie de popularidad...?

—Haberla buscado tú...

—¿Yo?, ¿yo? ¡Desprecio a la masa!

—Bueno, bueno, déjame de esas tonterías y cúrate de ellas. Mejor será que me hables otra vez de tu novia.

—¿Novia?

—Bueno, de esa tu primita que quieres que lo sea.

Porque Joaquín estaba queriendo forzar el corazón de su prima Helena[8] y había puesto en su empeño amoroso

[7] El afán de gloria y fama; en definitiva, de inmortalizar el nombre, está en el origen de la envidia, según la conocida teoría de Unamuno.

[8] Es significativa la H de Helena con la que Unamuno alude a la cultura clásica y pagana, contraponiéndola a Dulcinea, es decir, el afán quijotesco de gloria y supervivencia; de aquí que escriba en *Del sentimiento trágico de la vida*: "Helena, con sus

todo el ahínco de su ánimo reconcentrado y suspicaz. Y sus desahogos, los inevitables y saludables desahogos de enamorado en lucha, eran con su amigo Abel.

¡Y lo que Helena le hacía sufrir!

—Cada vez la entiendo menos —solía decirle a Abel—. Esa muchacha es para mí una esfinge...

—Ya sabes lo que decía Oscar Wilde, o quien fuese, que toda mujer es una esfinge sin secreto.

—Pues Helena parece tenerlo. Debe de querer a otro, aunque éste no lo sepa. Estoy seguro de que quiere a otro.

—Y ¿por qué?

—De otro modo no me explico su actitud conmigo...

—Es decir, que porque no quiere quererte a ti... quererte para novio, que como primo sí te querrá...

—¡No te burles!

—Bueno, ¿pues porque no quiere quererte para novio, o más claro, para marido, tiene que estar enamorada de otro? ¡Bonita lógica!

—¡Yo me entiendo!

—Sí, y también yo te entiendo.

—¿Tú?

—¿No pretendes ser quien mejor me conoce? ¿Qué mucho, pues, que yo pretenda conocerte? Nos conocimos a un tiempo.

—Te digo que esa mujer me trae loco y me hará perder la paciencia. Está jugando conmigo. Si me hubiera dicho desde un principio que no, bien estaba, pero tenerme así, diciendo que lo verá, que lo pensará... Esas cosas no se piensan... ¡coqueta!

—Es que te está estudiando.

—¿Estudiándome a mí? ¿Ella? ¿Qué tengo yo que estudiar? ¿Qué puede ella estudiar?

---

besos, nos saca el alma, y lo que queremos y necesitamos es alma, y alma de bulto y de sustancia. Pero vinieron el Renacimiento, la Reforma y la Revolución, trayéndonos a Helena, o más bien empujados por ella, y ahora nos hablan de Cultura y de Europa." ("Conclusión: Don Quijote en la tragicomedia europea contemporánea".)

—¡Joaquín, Joaquín, te estás rebajando y la estás rebajando...! ¿O crees que no más verte y oírte y saber que la quieres y ya debía rendírsete?

—Sí, siempre he sido antipático...

—Vamos, hombre, no te pongas así...

—¡Es que esa mujer está jugando conmigo! Es que no es noble jugar así con un hombre como yo, franco, leal, abierto... Pero ¡si vieras qué hermosa está! Y cuanto más fría y más desdeñosa se pone más hermosa. ¡Hay veces que no sé si la quiero o la aborrezco más...! ¿Quieres que te presente a ella...?

—Hombre, si tú...

—Bueno; os presentaré.

—Y si ella quiere...

—¿Qué?

—Le haré un retrato.

—¡Hombre, sí!

Mas aquella noche durmió Joaquín mal rumiando lo del retrato, pensando en que Abel Sánchez, el simpático sin proponérselo, el mimado del favor ajeno, iba a retratarle a Helena.

¿Qué saldría de allí? ¿Encontraría también Helena, como sus compañeros de ellos, más simpático a Abel? Pensó negarse a la presentación, mas como ya se la había prometido...

II

—¿Qué tal te pareció mi prima? —le preguntaba Joaquín a Abel al día siguiente de habérsela presentado y propuesto a ella, a Helena, lo del retrato, que acogió alborozada de satisfacción.

—Hombre, ¿quieres la verdad?

—La verdad siempre, Abel; si nos dijéramos siempre la verdad, toda la verdad, esto sería el paraíso.

—Sí, y si se la dijera cada cual a sí mismo...

—Bueno, pues ¡la verdad!

—La verdad es que tu prima y futura novia, acaso esposa, Helena, me parece una pava real... es decir, un pavo real hembra... ya me entiendes...

—Sí, te entiendo.

—Como no sé expresarme bien más que con el pincel...

—Y vas a pintar la pava real, o el pavo real hembra, haciendo la rueda acaso, con su cola llena de ojos, su cabecita...

—¡Para modelo, excelente! ¡Excelente, chico! ¡Qué ojos! ¡Qué boca! Esa boca carnosa y a la vez fruncida... esos ojos que no miran... ¡Qué cuello! ¡Y sobre todo qué color de tez! Si no te incomodas...

—¿Incomodarme yo?

—Te diré que tiene un color como de india brava, o mejor, de fiera indómita. Hay algo, en el mejor sentido, de pantera en ella. Y todo ello fríamente.

—¡Y tan fríamente!

—Nada, chico, que espero hacerte un retrato estupendo.

—¿A mí? ¿Será a ella?

—No, el retrato será para ti, aunque de ella.

—¡No, eso no, el retrato será para ella!

—Bien, para los dos. Quién sabe... Acaso con él os una.

—Vamos, sí, que de retratista pasas a...

—A lo que quieras, Joaquín, a celestino, con tal de que dejes de sufrir así. Me duele verte de esa manera.

Empezaron las sesiones de pintura, reuniéndose los tres. Helena se posaba en su asiento solemne y fría, henchida de desdén, como una diosa llevada por el destino. "¿Puedo hablar?", preguntó al primer día, y Abel le contestó: "Sí, puede usted hablar y moverse; para mí es mejor que hable y se mueva, porque así vive la fisonomía... Esto no es fotografía, y además no la quiero hecha estatua..." Y ella hablaba, hablaba, pero moviéndose poco y estudiando la postura. ¿Qué hablaba? Ellos no lo sabían. Porque uno y otro no hacían sino devorarla con los ojos; la veían, no la oían hablar.

Y ella hablaba, hablaba, por creer de buena educación

no estarse callada, y hablaba zahiriendo a Joaquín cuanto podía.

—¿Qué tal vas de clientela, primito? —le preguntaba.

—¿Tanto te importa eso?...

—¡Pues no ha de importarme, hombre, pues no ha de importarme...! Figúrate...

—No, no me figuro.

—Interesándote tú tanto como por mí te interesas, no cumplo con menos que con interesarme yo por ti. Y además, quién sabe...

—Quién sabe, ¿qué?

—Bueno, dejen eso —interrumpía Abel—; no hacen sino regañar.

—Es lo natural —decía Helena— entre parientes... Y además, dicen que así se empieza.

—Se empieza, ¿qué? —preguntó Joaquín.

—Eso tú lo sabrás, primo, que tú has empezado.

—¡Lo que voy a hacer es acabar!

—Hay varios modos de acabar, primo.

—Y varios de empezar.

—Sin duda. ¡Qué, me descompongo con este floreteo, Abel?

—No, no, todo lo contrario. Este floreteo, como le llama, le da más expresión a la mirada y al gesto. Pero...

A los dos días tuteábanse ya Abel y Helena; lo había querido así Joaquín. Quien al tercer día faltó a una sesión.

—A ver, a ver cómo va eso —dijo Helena levantándose para ir a ver el retrato.

—¿Qué te parece?

—Yo no entiendo, y además no soy quien mejor puede saber si se me parece o no.

—¿Qué? ¿No tienes espejo? ¿No te has mirado a él?

—Sí, pero...

—Pero qué...

—Qué sé yo...

—¿No te encuentras bastante guapa en este espejo?

—No seas adulón.

—Bien, se lo preguntaremos a Joaquín.

—No me hables de él, por favor. ¡Qué pelma!

—Pues de él he de hablarte.

—Entonces me marcho...

—No, y oye. Está muy mal lo que estás haciendo con ese chico.

—¡Ah! ¿Pero ahora vienes a abogar por él? Es esto del retrato un achaque.

—Mira, Helena, no está bien que estés así, jugando con tu primo. Él es algo, vamos, algo...

—¡Sí, insoportable!

—No, él es reconcentrado, altivo por dentro, terco, lleno de sí mismo, pero es bueno, honrado a carta cabal, inteligente, le espera un brillante porvenir en su carrera, te quiere con delirio...

—¿Y si a pesar de todo eso no le quiero yo?

—Pues debes entonces desengañarle.

—¡Y poco que le he desengañado! Estoy harta de decirle que me parece un buen chico, pero que por eso, porque me parece un buen chico, un excelente primo —y no quiero hacer un chiste—, por eso no le quiero para novio con lo que luego viene.

—Pues él dice...

—Si él te ha dicho otra cosa, no te ha dicho la verdad, Abel. ¿Es que voy a despedirle y prohibirle que me hable siendo como es mi primo? ¡Primo! ¡Qué gracia!

—No te burles así.

—Si es que no puedo...

—Y él sospecha más, y es que se empeña en creer que puesto que no quieres quererle a él, estás en secreto enamorada de otro...

—¿Eso te ha dicho?

—Sí, eso me ha dicho.

Helena se mordió los labios, se ruborizó y calló un momento.

—Sí, eso me ha dicho —repitió Abel, descansando la diestra sobre el tiento que apoyaba en el lienzo, y mirando fijamente a Helena, como queriendo adivinar el sentido de algún rasgo de su cara.

—Pues si se empeña...

—¿Qué...?

—Que acabará por conseguir que me enamore de algún otro...

Aquella tarde no pintó ya más Abel. Y salieron novios. [9]

III

El éxito del retrato de Helena por Abel fue clamoroso. Siempre había alguien contemplándolo frente al escaparate en que fue expuesto. "Ya tenemos un gran pintor más", decían. Y ella, Helena, procuraba pasar junto al lugar en que su retrato se exponía para oír los comentarios y paseábase por las calles de la ciudad como un inmortal retrato viviente, como una obra de arte haciendo la rueda. ¿No había acaso nacido para eso?

Joaquín apenas dormía.

—Está peor que nunca —le dijo a Abel—. Ahora es cuando juega conmigo. ¡Me va a matar!

—¡Naturalmente! Se siente ya belleza profesional...

—¡Sí, la has inmortalizado! ¡Otra *Joconda!* [10]

—Pero tú, como médico, puedes alargarle la vida...

—O acortársela.

—No te pongas así, trágico.

—Y ¿qué voy a hacer, Abel, qué voy a hacer...?

—Tener paciencia...

—Además, me ha dicho cosas de donde he sacado que le has contado lo de que la creo enamorada de otro...

---

[9] El capítulo que aquí termina es de la máxima importancia, porque, de acuerdo con la teoría unamuniana, en todo conflicto humano hay siempre una cuestión femenina.

[10] La españolización de *Gioconda* por *Joconda* no obedece sólo a una norma ortográfica de Unamuno —españolizar los nombres extranjeros—, sino al de dar versión también española al ideal de belleza femenina que quiere retratar. Helena es una belleza pictórica, cuyo fin es ser pintada, retratada, sin sentido espiritual ulterior a ese fin.

—Fue por hacer tu causa...

—Por hacer mi causa... Abel, Abel, tú estás de acuerdo con ella... vosotros me engañáis...

—¿Engañarte? ¿En qué? ¿Te ha prometido algo?

—¿Y a ti?

—¿Es tu novia acaso?

—¿Y es ya la tuya?

Callóse Abel, mudándosele la color.

—¿Lo ves? —exclamó Joaquín, balbuciente y tembloroso—. ¿Lo ves?

—¿El qué?

—¿Y lo negarás ahora? ¿Tendrás cara para negármelo?

—Pues bien, Joaquín, somos amigos de antes de conocernos, casi hermanos...

—Y al hermano, puñalada trapera, ¿no es eso? [11]

—No te sulfures así; ten paciencia...

—¿Paciencia? Y ¿qué es mi vida sino continua paciencia, continuo padecer?... Tú el simpático, tú el festejado, tú el vencedor, tú el artista... Y yo...

Lágrimas que le reventaron en los ojos cortáronle la palabra.

—Y ¿qué iba a hacer, Joaquín, qué querías que hiciese...?

—¡No haberla solicitado, pues que la quería yo...!

—Pero si ha sido ella, Joaquín, si ha sido ella...

—Claro, a ti, al artista, al afortunado, al favorito de la fortuna, a ti son ellas las que te solicitan. Ya la tienes, pues...

—Me tiene ella, te digo.

—Sí, ya te tiene la pava real, la belleza profesional, la Joconda... Serás su pintor... La pintarás en todas posturas y en todas formas, a todas las luces, vestida y sin vestir...

—¡Joaquín!

---

[11] La coloquial vinculación entre "hermandad" y "crimen" no deja de tener un último sentido alusivo al asesinato de Abel por Caín, por más que parezca aquí traído por los pelos.

—Y así la inmortalizarás. Vivirá tanto como tus cuadros vivan. Es decir, ¡vivirá, no! Porque Helena no vive; durará. Durará como el mármol, de que es. Porque es de piedra, fría y dura, fría y dura como tú. ¡Montón de carne...! [12]

—No te sulfures, te he dicho.

—¡Pues no he de sulfurarme, hombre, pues no he de sufurarme! ¡Esto es una infamia, una canallada!

Sintióse abatido y calló, como si le faltaran palabras para la violencia de su pasión.

—Pero ven acá, hombre —le dijo Abel con su voz más dulce, que era la más terrible— y reflexiona. ¿Iba yo a hacer que te quisiese si ella no quiere quererte? Para novio no le eres...

—Sí, no soy simpático a nadie; nací condenado.

—Te juro, Joaquín...

—¡No jures!

—Te juro que si en mí sólo consistiese, Helena sería tu novia, y mañana tu mujer. Si pudiese cedértela...

—Me la venderías por un plato de lentejas, ¿no es eso?

—¡No, vendértela no! Te la cedería gratis y gozaría en veros felices, pero...

—Sí, que ella no me quiere y te quiere a ti, ¿no es eso?

—¡Eso es!

—Que me rechaza a mí, que la buscaba, y te busca a ti, que la rechazabas.

—¡Eso! Aunque no lo creas; soy un seducido.

—¡Qué manera de darte postín! ¡Me das asco!

—¿Postín?

—Sí, ser así, seducido, es más que ser seductor. ¡Pobre víctima! Se pelean por ti las mujeres...

—No me saques de quicio, Joaquín...

—¿A ti? ¿Sacarte a ti de quicio? Te digo que esto es

[12] El carácter clásico-pagano de la belleza está aquí recalcado por la dureza y frialdad del mármol, lo que aleja cualquier duda sobre la significación simbólica de Helena.

una canallada, una infamia, un crimen... ¡Hemos acabado para siempre!

Y luego, cambiando de tono, con lágrimas insondables en la voz:

—Ten compasión de mí, Abel, ten compasión. Ve que todos me miran de reojo, ve que todos son obstáculos para mí... Tú eres joven, afortunado, mimado, te sobran mujeres... Déjame a Helena, mira que no sabré dirigirme a otra... Déjame a Helena...

—Pero si ya te la dejo...

—Haz que me oiga; haz que me conozca; haz que sepa que muero por ella, que sin ella no viviré...

—No la conoces...

—¡Sí, os conozco! Pero, por Dios... Júrame que no has de casarte con ella...

—¿Y quién ha hablado de casamiento?

—Ah, ¿entonces es por darme celos nada más? Sí, ella no es más que una coqueta... peor que una coqueta, una...

—¡Cállate! —rugió Abel.

Y fue tal el rugido, que Joaquín se quedó callado, mirándole.

—¡Es imposible, Joaquín; contigo no se puede! ¡Eres imposible!

Y Abel marchóse.

"Pasé una noche horrible —dejó escrito en su *Confesión* Joaquín— volviéndome a un lado y otro en la cama, mordiendo a ratos la almohada, levantándome a beber agua del jarro del lavabo. Tuve fiebre. A ratos me amodorraba en sueños acerbos. Pensaba matarles y urdía mentalmente, como si se tratase de un drama o de una novela que iba componiendo, los detalles de mi sangrienta venganza, y tramaba diálogos con ellos. Parecíame que Helena había querido afrentarme y nada más, que había enamorado a Abel por menosprecio a mí, pero que no podía, montón de carne al espejo, querer a nadie. Y la deseaba más que nunca y con más furia que nunca. En alguna de las interminables modorras de aquella noche me soñé poseyéndola y junto al cuerpo frío e inerte de Abel. Fue una tempestad de ma-

los deseos, de cóleras, de apetitos sucios, de rabia. Con el
día y el cansancio de tanto sufrir volvióme la reflexión,
comprendí que no tenía derecho alguno a Helena, pero
empecé a odiar a Abel con toda mi alma y a proponerme
a la vez ocultar ese odio, abonarlo, criarlo, cuidarlo en lo
recóndito de las entrañas de mi alma. ¿Odio? Aún no
quería darle su nombre, ni quería reconocer que nací,
predestinado, con su masa y con su semilla. Aquella noche
nací al infierno de mi vida." [13]

IV

—¡Helena —le decía Abel—, eso de Joaquín me quita el sueño...!

—¿El qué?

—Cuando le diga que vamos a casarnos no sé lo que va
a ser. Y eso que parece ya tranquilo y como si se resignase
a nuestras relaciones...

—¡Sí, bonito es él para resignarse!

—La verdad es que esto no estuvo del todo bien.

—¿Qué? ¿También tú? ¿Es que vamos a ser las mujeres como bestias, que se dan y prestan y alquilan y
venden?

—No, pero...

—Pero ¿qué?

—Que fue él quien me presentó a ti, para que te hiciera el retrato, y me aproveché...

—¡Y bien aprovechado! ¿Estaba yo acaso comprometida con él? ¡Y aunque lo hubiese estado! Cada cual va a
lo suyo.

—Sí, pero...

---

[13] La conversión de la envidia en odio es una de las tesis cons-
tantes de Unamuno, que aquí se amplía con la equiparación del
odio y del infierno, tesis que se ampliará en posteriores capítulos.

—¿Qué? ¿Te pesa? ¡Pues por mí...! Aunque si aún me dejases ahora, [14] ahora que estoy comprometida y todas saben que eres mi novio oficial y que me vas a pedir un día de estos, no por eso buscaría a Joaquín, ¡no! ¡Menos que nunca! Me sobrarían pretendientes, así, como los dedos de las manos —y levantaba sus dos largas manos, de ahusados dedos, aquellas manos que con tanto amor pintara Abel, y sacudía los dedos, como si revolotearan.

Abel le cogió las dos manos en las recias suyas, se las llevó a la boca y las besó alargadamente. Y luego en la boca...

—¡Estate quieto, Abel!

—Tienes razón, Helena, no vamos a turbar nuestra felicidad pensando en lo que sienta y sufra por ella el pobre Joaquín...

—¿Pobre? ¡No es más que un envidioso! [15]

—Pero hay envidias, Helena...

—¡Que se fastidie!

Y después de una pausa llena de un negro silencio:

—Por supuesto, le convidaremos a la boda...

—¡Helena!

—¿Y qué mal hay en ello? Es mi primo, tu primer amigo, a él debemos el habernos conocido. Y si no le convidas tú, le convidaré yo. ¿Que no va? ¡Mejor! ¿Que va? ¡Mejor que mejor!

V

Al anunciar Abel a Joaquín su casamiento, éste dijo:

—Así tenía que ser. Tal para cual.

—Pero bien comprendes...

—Sí, lo comprendo, no me creas un demente o un fu-

---

[14] *Primera edición*: "Aunque si tú me dejases ahora..."
[15] Se explicita aquí sin paliativos la pasión que consume a Joaquín Monegro.

rioso; lo comprendo, está bien, que seáis felices... Yo no
lo podré ser ya...

—Pero, Joaquín, por Dios, por lo que más quieras...

—Basta y no hablemos más de ello. Haz feliz a Helena y que ella te haga feliz... Os he perdonado ya...

—¿De veras?

—Sí, de veras. Quiero perdonaros. Me buscaré mi
vida.

—Entonces me atrevo a convidarte a la boda, en mi
nombre...

—Y en el de ella, ¿eh?

—Sí, en el de ella también.

—Lo comprendo. Iré a realzar vuestra dicha. Iré.

Como regalo de boda mandó Joaquín a Abel un par de
magníficas pistolas damasquinadas, como para un artista. [16]

—Son para que te pegues un tiro cuando te canses de
mí —le dijo Helena a su futuro marido.

—¡Qué cosas tienes, mujer!

—Quién sabe sus intenciones... Se pasa la vida tra-
mándolas...

"En los días que siguieron a aquel en que me dijo que
se casaban —escribió en su *Confesión* Joaquín— sentí
como si mi alma toda se me helase. Y el hielo me apretaba
el corazón. Eran como llamas de hielo. Me costaba respirar. El odio a Helena, y sobre todo a Abel, porque era
odio, odio frío cuyas raíces me llenaban el ánimo, se me
había empedernido. No era una mala planta, era un témpano que se me había clavado en el alma; era, más bien,
mi alma toda congelada en aquel odio. Y un hielo tan cristalino, que lo veía todo a su través con una claridad perfecta. Me daba acabada cuenta de que razón, lo que se
llama razón, eran ellos los que la tenían; que yo no podía
alegar derecho alguno sobre ella; que no se debe ni se pue-

---

[16] La agresividad criminal que anida en su fondo la envidia
se aprecia en ese regalo de las "pistolas damasquinadas"; con la
alusión estética del "damasquinado" no se desvirtúa, a pesar de
todo, la referencia subliminal al asesinato de Abel por Caín.

de forzar el afecto de una mujer, que, pues se querían, debían unirse. Pero sentía también confusamente que fui yo quien les llevó, no sólo a conocerse, sino a quererse, que fue por desprecio a mí por lo que se entendieron, que en la resolución de Helena entraba por mucho el hacerme rabiar y sufrir, el darme dentera, el rebajarme a Abel, y en la de éste el soberano egoísmo que nunca le dejó sentir el sufrimiento ajeno. Ingenuamente, sencillamente no se daba cuenta de que existieran otros. Los demás éramos para él, a lo sumo, modelos para sus cuadros. No sabía ni odiar; tan lleno de sí vivía.

"Fui a la boda con el alma escarchada de odio, el corazón garapiñado en hielo agrio pero sobrecogido de un mortal terror, temiendo que al oír el *sí* de ellos, el hielo se me resquebrajara y hendido el corazón quedase allí muerto o imbécil. Fui a ella como quien va a la muerte. Y lo que me ocurrió fue más mortal que la muerte misma; fue peor, mucho peor que morirse. Ojalá me hubiese entonces muerto allí.

"Ella estaba hermosísima. Cuando me saludó sentí que una espada de hielo, de hielo dentro del hielo de mi corazón, junto a la cual aun era tibio el mío, me lo atravesaba; era la sonrisa insolente de su compasión. «¡*Gracias!*», me dijo, y entendí: *¡Pobre Joaquín!* Él, Abel, él ni sé si me vio. «Comprendo tu sacrificio» —me dijo, por no callarse. «No, no hay tal —le repliqué—; te dije que vendría y vengo; ya ves que soy razonable; no podía faltar a mi amigo de siempre, a mi... hermano.» Debió de parecerle interesante mi actitud, aunque poco pictórica. Yo era allí el convidado de piedra.

"Al acercarse el momento fatal, yo contaba los segundos. «¡Dentro de poco —me decía— ha terminado para mí todo!» Creo que se me paró el corazón. Oí claros y distintos los dos *sís*, el de él y el de ella. Ella me miró al pronunciarlo. Y quedé más frío que antes, sin un sobresalto, sin una palpitación, como si nada que me tocase hubiese oído. Y ello me llenó de un infernal terror a mí mismo. Me sentí peor que un monstruo, me sentí como si no existiera, como si no fuese nada más que un pedazo de hielo, y esto para siempre. Llegué a palparme la carne, a pellizcármela, a tomarme el pulso. «Pero ¿estoy vivo? ¿Yo soy yo?» —me dije. [17]

"No quiero recordar todo lo que sucedió aquel día. Se despidieron de mí y fuéronse a su viaje de luna de miel. Yo me hundí en mis libros, en mi estudio, en mi clientela, que empezaba ya a tenerla. El despejo mental que me dio aquel golpe de lo ya irreparable, el descubrimiento en mí mismo de que no hay alma, moviéronme a buscar en el estudio, no ya consuelo —consuelo, ni lo necesitaba ni lo quería—, sino apoyo para una ambición inmensa. Tenía que aplastar con la fama de mi nombre la fama, ya incipiente, de Abel; mis descubrimientos científicos, obra de arte, de verdadera poesía, tenían que hacer sombra a sus cuadros. Tenía que llegar a comprender un día Helena que era yo, el médico, el antipático, quien habría de darle aureola de gloria, y no él, no el pintor. Me hundí en el estudio. ¡Hasta llegué a creer que los olvidaría! ¡Quise hacer de la ciencia un narcótico y a la vez un estimulante!" [18]

---

[17] Este largo excurso de la "Confesión" de Joaquín Monegro ha sido objeto de unánimes comentarios por la crítica, que ve en él una influencia del Dante en Unamuno; en efecto, en el canto XI del "Infierno" de *La Divina Comedia,* la lejanía de Dios que padecen los condenados del último círculo hace que se conviertan en témpanos de hielo. El matrimonio Del Río había ya observado en el prólogo a su edición de *Abel Sánchez* "the predominant choice of words, and the significance of the frequent use of such words as *hielo, congelar, llama, fuego, devorar, cáncer...*" y E. Anderson Imbert analiza en "Un procedimiento literario de Unamuno" (*Ensayos,* Tucumán, 1946), la forma en que Unamuno desarrolla el modismo "helársele a uno el alma" en *Abel Sánchez.* Por su parte, Carlos Clavería cita a su alumno H. Feeney, quien observó la relación continua que aparece en esta novela entre odio, hielo e infierno; en una simple y atenta lectura del texto, parece que esa relación es irrefutable.

[18] Del fondo de la envidia, convertida en odio, nace la necesidad de emular al otro, incitando al afán de fama y gloria. En pocos pasajes de la novela se ejemplifica literariamente de forma tan clara y explícita la relación que Unamuno establece —según vieja teoría suya— entre envidia y anhelo de sobresalir.

VI

Al poco de haber vuelto los novios de su viaje de luna de miel, cayó Abel enfermo de alguna gravedad y llamaron a Joaquín a que le viese y le asistiese.

—Estoy muy intranquila, Joaquín —le dijo Helena—; anoche no ha hecho sino delirar, y en el delirio no hacía sino llamarte.

Examinó Joaquín con todo cuidado y minucia a su amigo, y luego, mirando ojos a ojos a su prima, le dijo:

—La cosa es grave, pero creo que le salvaré. Yo soy quien no tiene salvación ya.

—¡Sí, sálvamelo! —exclamó ella—. Y ya sabes...

—Sí, ¡lo sé todo! —y se salió.

Helena se fue al lecho de su marido, le puso una mano sobre la frente, que le ardía, y se puso a temblar. "¡Joaquín, Joaquín —deliraba Abel—, perdónanos, perdóname!"

—Calla —le dijo casi al oído Helena—, calla; ha venido a verte y dice que te curará, que te sanará... Dice que te calles...

—¿Que me curará...? —añadió maquinalmente el enfermo.

Joaquín llegó a su casa también febril, pero con una especie de fiebre de hielo. "¡Y si se muriera...!", pensaba. Echóse vestido sobre la cama y se puso a imaginar escenas de lo que acaecería si Abel se muriese: el luto de Helena, sus entrevistas con la viuda, el remordimiento de ésta, el descubrimiento por parte de ella de quién era él, Joaquín, y de cómo, con qué violencia necesitaba el desquite y la necesitaba a ella, y cómo caía al fin ella en sus brazos y reconocía que lo otro, la traición, no había sido sino una pesadilla, un mal sueño de coqueta, que siempre le había querido a él, a Joaquín y no a otro. "¡Pero no se morirá!", se dijo luego. "No dejaré yo que se muera, no debo dejarlo, está comprometido mi honor, y luego... ¡necesito que viva!"

Y al decirse este "¡necesito que viva!" temblábale toda el alma, como tiembla el follaje de una encina a la sacudida del huracán. [19]

"Fueron unos días atroces aquellos de la enfermedad de Abel —escribía en su *Confesión* el otro—, unos días de tortura increíble. Estaba en mi mano dejarle morir, aun más, hacerle morir sin que nadie lo sospechase, sin que de ello quedase rastro alguno. He conocido en mi práctica profesional casos de extrañas muertes misteriosas que he podido ver luego iluminadas al trágico fulgor de sucesos posteriores, una nueva boda de la viuda y otros así. Luché entonces como no he luchado nunca conmigo mismo, con ese [20] hediondo dragón que me ha envenenado y entenebrecido la vida. Estaba allí comprometido mi honor de médico, mi honor de hombre, y estaba comprometida mi salud mental, mi razón. Comprendí que me agitaba bajo las garras de la locura; vi el espectro de la demencia haciendo sombra a mi corazón. Y vencí. Salvé a Abel de la muerte. Nunca he estado más feliz, más acertado. El exceso de mi infelicidad me hizo estar felicísimo de acierto."

—Ya está fuera de todo cuidado tu... marido —le dijo un día Joaquín a Helena.

—Gracias, Joaquín, gracias —y le cogió la mano, que él se la dejó entre las suyas—; no sabes cuánto te debemos...

—Ni vosotros sabéis cuánto os debo...

—Por Dios, no seas así... ahora que tanto te debemos, no volvamos a eso...

---

[19] Esta necesidad de que el "otro" viva, expresa la relación dialéctica entre envidiado y envidioso; éste necesita de aquél para seguir alimentando un sentimiento sin el que no sabría vivir, y ello a pesar del íntimo deseo de su desaparición. Todo el párrafo siguiente —en que el envidioso tiene en su mano la posibilidad de aniquilar al envidiado— refleja la angustiosa ambivalencia de ese sentimiento: el impulso a aniquilar el rival y, al mismo tiempo, la necesidad de que siga existiendo.

[20] *Primera edición*: "este...".

—No, si no vuelvo a nada. Os debo mucho. Esta enfermedad de Abel me ha enseñado mucho, pero mucho...

—Ah, ¿le tomas como a un caso?

—No, Helena, no; ¡el caso soy yo!

—Pues no te entiendo.

—Ni yo del todo. Y te digo que estos días luchando por salvar a tu marido...

—¡Di a Abel!

—Bien, sea; luchando por salvarle he estudiado con su enfermedad la mía y vuestra felicidad y he decidido... ¡casarme!

—Ah, ¿pero tienes novia?

—No, no la tengo aún, pero la buscaré. Necesito un hogar. Buscaré mujer. ¿O crees tú, Helena, que no encontraré una mujer que me quiera?

—¡Pues no la has de encontrar, hombre, pues no la has de encontrar...!

—Una mujer que me quiera, digo.

—Sí, te he entendido, ¡una mujer que te quiera, sí!

—Porque como partido...

—Sí, sin duda eres un buen partido... joven, no pobre, con una buena carrera, empezando a tener fama, bueno...

—Bueno... sí, y antipático, ¿no es eso?

—¡No, hombre, no; tú no eres antipático!

—Ay, Helena, Helena, dónde encontraré una mujer...

—¿Que te quiera?

—No, sino que no me engañe, que me diga la verdad, que no se burle de mí, Helena, ¡que no se burle de mí...! Que se case conmigo por desesperación, porque yo la mantenga, pero que me lo diga...

—Bien has dicho que estás enfermo, Joaquín. ¡Cásate!

—¿Y crees, Helena, que hay alguien, hombre o mujer, que pueda quererme?

—No hay nadie que no pueda encontrar quien le quiera.

—¿Y querré yo a mi mujer? ¿Podré quererla, dime?

—Hombre, pues no faltaba más...

—Porque mira, Helena, no es lo peor no ser querido, no poder ser querido; lo peor es no poder querer.

—Eso dice don Mateo, el párroco, del demonio, que no puede querer. [21]

—Y el demonio anda por la tierra, Helena.

—Cállate y no me digas esas cosas.

—Es peor que me las diga a mí mismo.

—¡Pues cállate!

VII

Dedicóse Joaquín, para salvarse, requiriendo amparo a su pasión, a buscar mujer, los brazos maternales de una esposa en que defenderse de aquel odio que sentía, un regazo en que esconder la cabeza, como un niño que siente terror al coco, para no ver los ojos infernales del dragón de hielo.

¡Aquella pobre Antonia!

Antonia había nacido para madre; era todo ternura, todo compasión. [22] Adivinó en Joaquín, con divino instinto, un enfermo, un inválido del alma, un poseso, y sin saber de qué, enamoróse de su desgracia. Sentía un misterioso atractivo en las palabras frías y cortantes de aquel médico que no creía en la virtud ajena.

Antonia era la hija única de una viuda a que asistía Joaquín.

—¿Cree usted que saldrá de ésta? —le preguntaba a él.

—Lo veo difícil, muy difícil. Está la pobre muy traba-

---

[21] El no poder amar refleja la impotencia sentimental a que nos conduce el odio, ejemplificado en el infierno o —en este caso— en su encarnación personal: el demonio.

[22] El tema de la esposa como madre —tan querido por Unamuno— queda perfectamente retratado en la figura de Antonia; recomendamos al lector que siga leyendo bajo esta óptica todo lo referente a dicho personaje y verá cómo se ilumina su significación a lo largo de la novela.

jada, muy acabada; ha debido de sufrir mucho... su corazón está muy débil...

—¡Sálvemela usted, don Joaquín, sálvemela usted, por Dios! ¡Si pudiera, daría mi vida por la suya!

—No, eso no se puede. Y, además, ¿quién sabe? La vida de usted, Antonia, ha de hacer más falta que la suya...

—¿La mía? ¿Para qué? ¿Para quién?

—¡Quién sabe...!

Llegó la muerte de la pobre viuda.

—No ha podido ser, Antonia —dijo Joaquín—. ¡La ciencia es impotente!

—Sí, ¡Dios lo ha querido!

—¿Dios?

—¡Ah! —y los ojos bañados en lágrimas de Antonia clavaron su mirada en los de Joaquín, enjutos y acerados—. ¿Pero usted no cree en Dios?

—¿Yo...? ¡No lo sé...!

A la pobre huérfana la compunción de piedad que entonces sintió por el médico aquel le hizo olvidar un momento la muerte de su madre.

—Y si yo no creyera en él, ¿qué haría ahora?

—La vida todo lo puede, Antonia.

—¡Puede más la muerte! Y ahora... tan sola... sin nadie...

—Eso sí, la soledad es terrible. Pero usted tiene el recuerdo de su santa madre, el vivir para encomendarla a Dios... ¡Hay otra soledad mucho más terrible!

—¿Cuál?

—La de aquel a quien todos menosprecian, de quien todos se burlan... la del que no encuentra quien le diga la verdad... [23]

—¿Y qué verdad quiere usted que se le diga?

—¿Me la dirá usted, ahora, aquí, sobre el cuerpo aún tibio de su madre? ¿Jura usted decírmela?

—Sí, se la diré.

[23] La relación entre envidia y manía persecutoria ha sido desarrollada por Unamuno en su ensayo "La envidia hispánica" (*Ensayos*, II, Aguilar, Madrid, 1958, p. 410).

—Bien, yo soy antipático, ¿no es así?

—¡No, no es así!

—La verdad, Antonia...

—¡No, no es así!

—¿Pues qué soy...?

—¿Usted? Usted es un desgraciado, un hombre que sufre...

Derritiósele a Joaquín el hielo y asomáronsele unas lágrimas a los ojos. Y volvió a temblar hasta las raíces del alma.

Poco después Joaquín y la huérfana formalizaban sus relaciones, dispuestos a casarse luego que pase el año de luto de ella.

"¡Pobre mi mujercita! —escribía, años después, Joaquín en su *Confesión*—, empeñada en quererme y en curarme, en vencer la repugnancia que sin duda yo debía de inspirarle. Nunca me lo dijo, nunca me lo dio a entender, pero podía no inspirarle yo repugnancia, sobre todo cuando le descubrí la lepra de mi alma, la gangrena de mis odios? Se casó conmigo como se habría casado con un leproso, no me cabe duda de ello, por divina piedad, por espíritu de abnegación y de sacrificio cristianos, para salvar mi alma y así salvar la suya, por heroísmo de santidad. ¡Y fue una santa! ¡Pero no me curó de Helena; no me curó de Abel! Su santidad fue para mí un remordimiento más."

"Su mansedumbre me irritaba. Había veces en que, ¡Dios me perdone!, la habría querido mala, colérica, despreciativa."

VIII

En tanto la gloria artística de Abel seguía creciendo y confirmándose. Era ya uno de los pintores de más nombradía de la nación toda, y su renombre empezaba a traspasar las fronteras. [24] Y esa fama creciente era como una granizada desoladora en el alma de Joaquín. "Sí, es un pintor muy científico; domina la técnica; sabe mucho, mucho; es habilísimo" —decía de su amigo, con palabras que silbaban. Era un modo de fingir exaltarle deprimiéndole.

Porque él, Joaquín, presumía ser un artista, un verdadero poeta en su profesión, un clínico genial, creador, intuitivo, y seguía soñando con dejar su clientela para dedicarse a la ciencia pura, a la patología teórica, a la investigación. ¡Pero ganaba tanto...!

"No era, sin embargo, la ganancia —dice en su *Confesión* póstuma— lo que más me impedía dedicarme a la investigación científica. Tirábame a ésta por un lado el deseo de adquirir fama y renombre, de hacerme una gran reputación científica y asombrar con ella la artística de Abel, de castigar así a Helena, de vengarme de ellos, de ellos y de todos los demás, y aquí encadenaba los más locos de mis ensueños, mas por otra parte, esa misma pasión fangosa, el exceso de mi despecho y mi odio me quitaban serenidad de espíritu. No, no tenía el ánimo para el estudio, que lo requiere limpio y tranquilo. La clientela me distraía."

"La clientela me distraía, pero a las veces temblaba pensando que el estado de distracción en que mi pasión me tenía preso me impidiera prestar el debido cuidado a las dolencias de mis pobres enfermos."

"Ocurrióme un caso que me sacudió las entrañas. Asistía a una pobre señora, enferma de algún riesgo, pero no caso desesperado, a la que él había hecho un retrato, un retrato magnífico, uno de sus mejores retratos, de los que han quedado como definitivos de entre los que ha pintado, y aquel retrato era lo primero que se me venía a los ojos y al odio así que entraba en la casa de la enferma. Estaba viva en el retrato, más viva que en el lecho la de carne

---

[24] Sólo una nombradía excepcional de Abel podría explicar la envidia también extraordinaria de Joaquín; de esto era consciente Unamuno, que se ve obligado a darle a Abel una fama nacional y aun internacional.

y hueso sufrientes. Y el retrato parecía decirme: «Mira, él
me ha dado vida para siempre; a ver si tú me alargas esta
otra de aquí abajo.» [25] Y junto a la pobre enferma, auscul-
tándola, tomándole el pulso, no veía sino a la otra, a la
retratada. Estuve torpe, torpísimo, y la pobre enferma se
me murió; la dejé morir más bien, por mi torpeza, por mi
criminal distracción. Sentía horror de mí mismo, de mi
miseria."

"A los pocos días de muerta la señora aquella, tuve que
ir a su casa, a ver allí otro enfermo, y entré dispuesto a no
mirar al retrato. Pero era inútil, porque era él, el retrato el
que me miraba aunque yo no le mirase y me atraía la mirada. Al despedirme me acompañó hasta la puerta el viudo.
Nos detuvimos al pie del retrato, y yo, como empujado por
una fuerza irresistible y fatal, exclamé:

—¡Magnífico retrato! ¡Es de lo mejor que ha hecho
Abel!

—Sí —me contestó el viudo—, es el mayor consuelo
que me queda. Me paso largas horas contemplándola. Parece como que me habla.

—¡Sí, sí —añadí—, este Abel es un artista estupendo!

"Y al salir me decía: 'Yo la dejé morir y él la resucita'!"

Sufría Joaquín mucho cada vez que se le morían algunos de sus enfermos, sobre todo los niños, pero la muerte
de otros le tenía sin grave cuidado. "¿Para qué querrá vivir...? —decíase de algunos—. Hasta le haría un favor
dejándole morir..."

Sus facultades de observador psicólogo habíansele agu-
zado con su pasión de ánimo y adivinaba al punto las más
ocultas lacerias morales. Percatábase en seguida, bajo el
embuste de las convenciones, de qué maridos preveían

---

[25] La superioridad ontológica de la obra de arte —retrato—
respecto de la llamada realidad —la persona de carne y hueso—
es una teoría que Unamuno defiende en varias ocasiones, y que
encuentra aquí uno de sus reflejos. Esa teoría la encontramos ya
muy tempranamente desarrollada en la *Vida de don Quijote
y Sancho* (1905), y alcanza una de sus formulaciones literarias
más explícitas en *Tres novelas ejemplares y un prólogo* (1920).

sin pena, cuando no deseaban, la muerte de sus mujeres
y qué mujeres ansiaban verse libres de sus maridos, acaso
para tomar otros de antemano escogidos ya. Cuando al
año de la muerte de su cliente Álvarez, la viuda se casó
con Menéndez, amigo íntimo del difunto, Joaquín se dijo:
"¡Sí que fue rara aquella muerte... Ahora me la explico...
La humanidad es lo más cochino que hay, y la tal señora,
dama caritativa, una de las señoras de lo más honrado...!"

—Doctor —le decía una vez uno de sus enfermos—,
máteme usted, por Dios, máteme usted sin decirme nada,
que ya no puedo más... Déme algo que me haga dormir
para siempre...

"¿Y por qué no había de hacer lo que este hombre quiere? —se decía Joaquín—, ¿si no vive más que para sufrir? ¡Me da pena! ¡Cochino mundo!"

Y eran sus enfermos para él no pocas veces espejos.

Un día le llegó una pobre mujer de la vecindad, gasta-
da por los años y los trabajos, cuyo marido, en los veinticinco años de matrimonio, se había enredado con una pobre aventurera. Iba a contarle sus cuitas la mujer desde-
ñada.

—Ay, don Joaquín —le decía—, usted, que dicen que
sabe tanto, a ver si me da un remedio para que le cure a
mi pobre marido del bebedizo que le ha dado esa pelona.

—¿Pero qué bebedizo, mujer de Dios?

—Se va a ir a vivir con ella, dejándome a mí, al cabo
de veinticinco años...

—¿Más extraño es que la hubiese dejado de recién casados, cuando usted era joven y acaso...

—¡Ah, no, señor, no! Es que le ha dado un bebedizo
trastornándole el seso, porque si no, no podría ser... no
podría ser...

—Bebedizo... bebedizo... —murmuró Joaquín.

—Sí, don Joaquín, sí, un bebedizo... Y usted, que sabe
tanto, déme un remedio para él.

—Ay, buena mujer; ya los antiguos trabajaron en bal-
de para encontrar un agua que los rejuveneciese...

Y cuando la pobre mujer se fue desolada, Joaquín se
decía: "¿Pero no se mirará al espejo esta desdichada?

¿No verá el estrago de los años de rudo trabajo? Estas
gentes del pueblo todo lo atribuyen a bebedizos o a envidias... ¿Que no encuentran trabajo...? ¡Envidias! ¿Que
les sale algo mal? Envidias. El que todos sus fracasos los
atribuye a ajenas envidias es un envidioso. ¿Y no lo sere-
mos todos? ¿No me habrán dado un bebedizo?"

Durante unos días apenas pensó más que en el bebedizo. Y acabó diciéndose: "¡Es el pecado original!" [26]

IX

Casóse Joaquín con Antonia buscando en ella un amparo, y la pobre adivinó desde luego su menester, el oficio que hacía en el corazón de su marido y cómo le era
un escudo y un posible consuelo. Tomaba por marido a
un enfermo, acaso a un inválido incurable, del alma; su
misión era la de una enfermera. Y le aceptó llena de compasión, llena de amor a la desgracia de quien así unía su
vida a la de ella.

Sentía Antonia que entre ella y su Joaquín había como
un muro invisible, una cristalina y transparente muralla
de hielo. Aquel hombre no podía ser de su mujer, porque
no era de sí mismo, dueño de sí, sino a la vez un enajenado y un poseído. [27] En los más íntimos trasportes del
trato conyugal, una invisible sombra fatídica se interponía
entre ellos. Los besos de su marido parecíanle besos ro-
bados, cuando no de rabia.

Joaquín evitaba hablar de su prima Helena delante de
su mujer, y ésta, que se percató de ello al punto, no hacía

---

[26] La consideración de la envidia como pecado original de la
especie humana, que aparece aquí explícita, subyace en realidad
a toda la novela.

[27] Una vez más aparece aquí el *hielo* como símbolo del odio,
en este caso asociado a una situación de alienación, pues el odio
se convierte en un sentimiento que trasciende al individuo, impi-
diéndole su autoposesión y conduciéndole al enajenamiento.

sino sacarla a colación a cada paso en sus conversaciones.

Esto en un principio, que más adelante evitó mentarla.

Llamáronle un día a Joaquín a casa de Abel, como a médico, y se enteró de que Helena llevaba ya en sus entrañas fruto de su marido, mientras que su mujer, Antonia, no ofrecía aún muestra alguna de ello. Y al pobre le asaltó una tentación vergonzosa, de que se sentía abochornado, y era la de un diablo que le decía: "¿Ves? ¡Hasta es más hombre que tú! Él, el que con su arte resucita e inmortaliza a los que tú dejas morir por tu torpeza, él tendrá pronto un hijo, traerá un nuevo viviente, una obra suya de carne y sangre y hueso al mundo, mientras tú... Tú acaso no seas capaz de ello... ¡Es más hombre que tú!"

Entró mustio y sombrío en el puerto de su hogar.

—Vienes de casa de Abel, ¿no? —le preguntó su mujer.

—Sí. ¿En qué lo has conocido?

—En tu cara. Esa casa es tu tormento. No debías ir a ella...

—¿Y qué voy a hacer?

—¡Excusarte! Lo primero es tu salud y tu tranquilidad...

—Aprensiones tuyas...

—No, Joaquín, no quieras ocultármelo... —y no pudo continuar, porque las lágrimas le ahogaron la voz.

Sentóse la pobre Antonia. Los sollozos se le arrancaban de cuajo.

—Pero ¿qué te pasa, mujer, qué es eso...?

—Dime tú lo que a ti te pasa, Joaquín, confíamelo todo, confiésate conmigo...

—No tengo nada de qué acusarme...

—Vamos, ¿me dirás la verdad, Joaquín, la verdad?

El hombre vaciló un momento, pareciendo luchar con un enemigo invisible, con el diablo de su guarda, y con voz arrancada de una resolución súbita, desesperada, gritó casi:

—¡Sí, te diré la verdad, toda la verdad!

—Tú quieres a Helena; tú estás enamorado todavía de Helena.

—¡No, no lo estoy! ¡No lo estoy! Lo estuve; pero no lo estoy ya, ¡no!

—Pues ¿entonces?...

—Entonces, ¿qué?

—¿A qué esa tortura en que vives? Porque esa casa, la casa de Helena, es la fuente de tu malhumor, esa casa es la que no te deja vivir en paz, es Helena...

—¡Helena no! ¡Es Abel!

—¿Tienes celos de Abel?

—Sí, tengo celos de Abel; le odio, le odio, le odio —y cerraba la boca y los puños al decirlo, pronunciándolo entre dientes.

—Tienes celos de Abel... luego quieres a Helena.

—No, no quiero a Helena. Si fuese de otro no tendría celos de este otro. No, no quiero a Helena, la desprecio, desprecio a la pava real ésa, a la belleza profesional, a la modelo del pintor de moda, a la querida de Abel... [28]

—¡Por Dios, Joaquín, por Dios...!

—Sí, a su querida... legítima. ¿O es que crees que la bendición de un cura cambia un arrimo en matrimonio?

—Mira, Joaquín, que estamos casados como ellos...

—¡Como ellos no, Antonia, como ellos, no! Ellos se casaron por rebajarme, por humillarme, por denigrarme; ellos se casaron para burlarse de mí; ellos se casaron contra mí.

Y el pobre hombre rompió en unos sollozos que le ahogaban el pecho, cortándole el respiro. Se creía morir.

—Antonia... Antonia... —suspiró con un hilito de voz apagada.

—¡Pobre hijo mío! —exclamó ella abrazándole.

Y le tomó en su regazo como a un niño enfermo, acariciándole. Y le decía:

—Cálmate, mi Joaquín, cálmate... Estoy aquí yo, tu mujer, toda tuya y sólo tuya. Y ahora que sé del todo tu

---

[28] El enamoramiento de Helena pudo ser la causa original de la envidia hacia Abel, pero —una vez surtido ese efecto— la envidia engendra su propia dinámica, en la que la causa pierde toda su importancia.

Miguel de Unamuno. Escultura, por Victorio Macho. University de Salamanca.

Miguel de Unamuno, por Ignacio Zuloaga. Hispanic Society.
Nueva York.

secreto, soy más tuya que antes y te quiero más que nunca... Olvídalos... desprécialos... Habría sido peor que una mujer así te hubiese querido...

—Sí, pero él, Antonia, él...

—¡Olvídale!

—No puedo olvidarle... me persigue... su fama, su gloria me sigue a todas partes...

—Trabaja tú y tendrás fama y gloria, porque no vales menos que él. Deja la clientela, que no la necesitamos, vámonos de aquí a Renada, a la casa que fue de mis padres, y allí dedícate a lo que más te guste, a la ciencia, a hacer descubrimientos de ésos y que se hable de ti... yo te ayudaré en lo que pueda... yo haré que no te distraigan... y serás más que él...

—No puedo, Antonia, no puedo; sus éxitos me quitan el sueño y no me dejarían trabajar en paz... la visión de sus cuadros maravillosos se pondría entre mis ojos y el microscopio y no me dejaría ver lo que otros no han visto aún por él... No puedo... no puedo...

Y bajando la voz como un niño, casi balbuciendo como atontado por la caída en la sima de su abyección, sollozó diciendo:

—Y van a tener un hijo, Antonia...

—También nosotros lo tendremos —le suspiró ella al oído, envolviéndolo en un beso—, no me lo negará la Santísima Virgen a quien se lo pido todos los días... Y el agua bendita de Lourdes...

—¿También tú crees en bebedizos, Antonia?

—¡Creo en Dios!

—"Creo en Dios" —se repitió Joaquín al verse solo; solo con el otro—; "¿y qué es creer en Dios? ¿Dónde está Dios? ¡Tendré que buscarle! [29]

---

[29] El odiador, alejado de Dios, no puede evitar plantearse ese problema, bajo el cual subyace el sentido de su vida y la solución de su situación existencial. La problemática del fondo religioso de la vida humana se hace aquí explícita, aunque en realidad sea el problema que anida en toda la novela.

X

"Cuando Abel tuvo su hijo —escribía en su *Confesión*
Joaquín— sentí que el odio se me enconaba. Me había
invitado a asistir a Helena al parto, pero me excusé con
que yo no asistía a partos, lo que era cierto y con que no
sabría conservar toda la sangre fría, mi sangre arrecida
más bien, ante mi prima si se viera en peligro. Pero mi
diablo me insinuó la feroz tentación de ir a asistirla y de
ahogar a hurtadillas al niño. Vencí a la asquerosa idea."

"Aquel nuevo triunfo de Abel, del hombre, no ya del
artista —el niño era una hermosura, una obra maestra de
salud y de vigor, 'un angelito' decían— me apretó aun más
a mi Antonia, de quien esperaba el mío. Quería, necesitaba que la pobre víctima de mi ciego odio —pues la víctima era mi mujer más que yo— fuese madre de hijos míos,
de carne de mi carne, de entrañas de mis entrañas tortu-
radas por el demonio. Sería la madre de mis hijos y por
ellos superiora a las madres de los hijos de otros. Ella, la
pobre, me había preferido a mí, al antipático, al despreciado, al afrentado; ella había tomado lo que otra dese-
chó con desdén y burla. ¡Y hasta me hablaba bien de
ellos!"

"El hijo de Abel, Abelín, pues le pusieron el nombre
mismo de su padre y como para que continuara su linaje
y la gloria de él, el hijo de Abel, que habría de ser andando el tiempo instrumento de mi desquite, era una maravi-
lla de niño. Y yo necesitaba tener uno así, más hermoso
aún que él."

XI

—¿Y qué preparas ahora? —le preguntó a Abel Joaquín un día en que, habiendo ido a ver al niño, se encontraron en el cuarto de estudio de aquél.

—Pues ahora voy a pintar un cuadro de Historia, o mejor, de Antiguo Testamento, y me estoy documentando...

—¿Cómo? ¿Buscando modelos de aquella época?

—No, leyendo la Biblia y comentarios a ella.

—Bien digo yo, que tú eres un pintor científico...

—Y tú un médico artista, ¿no es eso?

—¡Peor que un pintor científico... literato! ¡Cuida de no hacer con el pincel literatura!

—Gracias por el consejo.

—¿Y cuál va a ser el asunto de tu cuadro?

—La muerte de Abel por Caín, el primer fratricidio. [30] Joaquín palideció aún más, y mirando fijamente a su primer amigo, le preguntó a media voz:

—¿Y cómo se te ha ocurrido eso?

—Muy sencillo —contestó Abel sin haberse percatado del ánimo de su amigo—; es la sugestión del nombre. Como me llamo Abel... Dos estudios de desnudo...

—Sí, desnudo del cuerpo...

—Y aun del alma...

—Pero ¿piensas pintar sus almas?

—¡Claro está! El alma de Caín, de la envidia, y el alma de Abel...

—¿Alma de qué?

—En eso estoy ahora. No acierto a dar con la expresión, con el alma de Abel. Porque quiero pintarle antes de morir, derribado en tierra y herido de muerte por su hermano. Aquí tengo el Génesis y el *Caín* de lord Byron; ¿lo conoces? [31]

—No, no conozco el *Caín* de lord Byron. ¿Y qué has sacado de la Biblia?

—Poca cosa... Verás —y tomando un libro, leyó: "y

[30] Al fin, aparece aquí de modo expreso el mito de Caín y Abel, que sirve de inspiración básica a toda la novela.

[31] Es indudable —diga Unamuno lo que quiera— que tanto el *Génesis* como el *Caín* de lord Byron ejercieron una influencia sustantiva en la inspiración y ejecución de la novela, como aquí van a inspirar el cuadro de Abel Sánchez.

conoció Adán a su mujer Eva, la cual concibió y parió a
Caín y dijo: He adquirido varón por Jehová. Y después
parió a su hermano Abel y fue Abel pastor de ovejas, y
Caín fue labrador de la tierra. Y aconteció, andando el tiempo, que Caín trajo del fruto de la tierra una ofrenda a
Jehová y Abel trajo de los primogénitos de sus ovejas y de
su grosura. Y miró Jehová con agrado a Abel y a su ofrenda, mas no miró propicio a Caín y a la ofrenda suya…"

—¿Y eso, por qué? —interrumpió Joaquín. ¿Por qué
miró Dios con agrado la ofrenda de Abel y con desdén la
de Caín?

—No lo explica aquí…

—¿Y no te lo has preguntado tú antes de ponerte a pintar tu cuadro?

—Aún no… Acaso porque Dios veía ya en Caín el futuro matador de su hermano… al envidioso…

—Entonces es que le había hecho envidioso, es que le
había dado un bebedizo. Sigue leyendo.

—"Y ensañóse Caín en gran manera y decayó su sem-
blante. Y entonces Jehová dijo a Caín: ¿Por qué te has
ensañado?, y ¿por qué se ha demudado tu rostro? Si bien
hicieres, ¿no serás ensalzado?, y si no hicieres bien el pecado está a tu puerta. Ahí está que te desea, pero tú le do-
minarás…"

—Y le venció el pecado —interrumpió Joaquín— porque Dios le había dejado de su mano. ¡Sigue!

—"Y habló Caín a su hermano Abel, y aconteció que
estando ellos en el campo, Caín se levantó contra su hermano Abel y le mató. Y Jehová dijo a Caín…"

—¡Basta! No leas más. No me interesa lo que Jehová
dijo a Caín luego que la cosa no tenía ya remedio.

Apoyó Joaquín los codos en la mesa, la cara entre las
palmas de la mano, y clavando una mirada helada y pun-
zante en la mirada de Abel, sin saber de qué alarmado,
le dijo:

—No has oído nunca una especie de broma que gastan
con los niños que aprenden de memoria la Historia sagrada cuando les preguntan: "¿Quién mató a Caín?"

—¡No!

—Pues sí, les preguntan eso y los niños, confundién-
dose, suelen decir: "¡su hermano Abel!" [32]

—No sabías eso.

—Pues ahora lo sabes. Y dime, tú que vas a pintar esa
escena bíblica... ¡y tan bíblica!, ¿no se te ha ocurrido pensar que si Caín no mata a Abel habría sido éste el que habría acabado matando a su hermano?

—¿Y cómo se te puede ocurrir eso?

—Las ovejas de Abel eran aceptas a Dios, y Abel, el
pastor, hallaba gracia a los ojos del Señor, pero los frutos
de la tierra de Caín, del labrador, no gustaban a Dios ni
tenía para él gracia Caín. El agraciado, el favorito de Dios
era Abel... el desgraciado Caín...

—¿Y qué culpa tenía Abel de eso?

—¿Ah, pero tú crees que los afortunados, los agracia-
dos, los favoritos, no tienen culpa de ello? La tienen de no
ocultar y ocultar como una vergüenza, que lo es todo favor gratuito, todo privilegio no ganado por propios méritos, de no ocultar esa gracia en vez de hacer ostentación
de ella. Porque no me cabe duda de que Abel restregaría
a los hocicos de Caín su gracia, le azuzaría con el humo
de sus ovejas sacrificadas a Dios. Los que se creen justos
suelen ser unos arrogantes que van a deprimir a los otros
con la ostentación de su justicia. Ya dijo quien lo dijera
que no hay canalla mayor que las personas honradas... [33]

—¿Y tú sabes —le preguntó Abel sobrecogido por la
gravedad de la conversación— que Abel se jactara de su
gracia?

—No me cabe duda, ni de que no tuvo respeto a su
hermano mayor, ni pidió al Señor gracia también para él.

---

[32] La dialéctica Caín-Abel se convierte en dialéctica Abel-Caín;
aparte la broma escolar, el tema queda suficientemente claro en
lo que sigue.

[33] Este párrafo es la explicitación de la broma escolar anterior,
en el que aparece claro cómo hay —frente a la envidia activa—
una envidia pasiva, que consiste en suscitar, con nuestras buenas
acciones, la envidia del otro, incluso estimulándola por todos los
medios posibles, hasta el refinamiento —a que se alude un poco
más abajo— de llegar a crear un infierno para los cainitas.

Y sé más, y es que los abelitas han inventado el infierno
para los cainitas porque si no su gloria les resultaría insí-
pida. Su goce está en ver, libres de padecimiento, padecer
a los otros...

—¡Ay, Joaquín, Joaquín, qué malo estás!

—Sí, nadie es médico de sí mismo. Y ahora, dame ese
Caín de lord Byron, que quiero leerlo.

—¡Tómalo!

—Y dime, ¿no te inspira tu mujer algo para ese cuadro? ¿No te da alguna idea?

—¿Mi mujer? En esta tragedia no hubo mujer.

—En toda tragedia la hay, Abel.

—Sería acaso Eva...

—Acaso... La que les dio la misma leche; el bebedizo... [34]

XII

Leyó Joaquín el *Caín* de lord Byron. [35] Y en su *Confesión* escribía más tarde:

"Fue terrible el efecto que la lectura de aquel libro me
hizo. Sentí la necesidad de desahogarme y tomé unas notas
que aún conservo y las tengo ahora aquí, presentes. ¿Pero
fue sólo por desahogarme? No; fue con el propósito de
aprovecharlas algún día pensando que podrían servirme
de materiales para una obra genial. La vanidad nos con-

[34] Una vez más aparece aquí la relación entre envidia y pecado
original, si bien ahora relacionado con el tema de la mujer —origen, implícito o explícito, de todas las querellas humanas.

[35] Si Joaquín Monegro es —como hemos dicho— trasunto literario de Unamuno y aquél leyó el *Caín* de lord Byron, es fácil
inferir que no sólo éste, Unamuno, lo hizo —de ello hay pruebas
concluyentes—, sino que le influyó muy poderosamente; las frases
de la "Confesión" de Joaquín, trascritas a continuación y corro-
boradoras de esa influencia, pueden —sin apenas margen de
error— atribuirse también a don Miguel.

sume. Hacemos espectáculo de nuestras más íntimas y asquerosas dolencias. Me figuro que habrá quien desee tener un tumor pestífero como no le ha tenido antes ninguno para hombrearse con él. ¿Esta misma *Confesión* no es algo más que un desahogo?"

"He pensado alguna vez romperla para librarme de ella. Pero ¿me libraría? ¡No! Vale más darse en espectáculo que consumirse. Y al fin y al cabo no es más que espectáculo la vida." [36]

"La lectura del *Caín* de lord Byron me entró hasta lo más íntimo. ¡Con qué razón culpaba Caín a sus padres de que hubieran cogido de los frutos del árbol de la ciencia en vez de coger de la del árbol de la vida! A mí, por lo menos, la ciencia no ha hecho más que exacerbarme la herida." [37]

---

[36] Como corroboración definitiva de lo que decíamos en la anterior nota, reproduzco a continuación unos párrafos del *Diario íntimo* de Unamuno, que apenas difieren de lo que dice Monegro en su "Confesión"; helas aquí: "He vivido en la necia vanidad de darme en espectáculo, de presentar al mundo mi espíritu como un ejemplar digno de ser conocido. Como esos pobres que a la orilla del camino muestran sus llagas, hay personas, literatos, que ostentan las llagas de sus almas y se presentan como seres interesantes... ¿Acaso mientras he escrito ciertas cartas no ha pasado por mi mente la idea de que el destinatario las guardara? ¿No he soñado acaso en momentos de abandono en que muerto yo se coleccionaran aquéllas y se publicara mi correspondencia? ¡Triste vicio de los literatos! ¡Funesta vanidad que sacrifica el alma al nombre!... Estos mismos cuadernillos ¿no son una vanidad?, ¿para qué los escribo?, ¿he sabido acaso tenerlos ocultos como fue mi primer propósito?" (*Diario íntimo*, Alianza Editorial, Madrid, 1970, pp. 143, 144 y 145). Con muy ligeros retoques, son estas palabras de Unamuno las mismas que escribe Joaquín Monegro en su "Confesión".

[37] La contraposición entre el Árbol de la Ciencia y el Árbol de la Vida es clave en la novela, como lo era en el poema de lord Byron. Años antes escribía Unamuno sobre este tema lo siguiente: "'¿Sois felices'?, preguntaba Caín en el poema byroniano a Lucifer, príncipe de los intelectuales, y éste le responde: 'Somos poderosos'; y Caín replica: '¿Sois felices?', y entonces el gran intelectual le dice: 'No, ¿lo eres tú?'. Y más adelante este mismo Luzbel dice a Adah, hermana y mujer de Caín: 'Escoge entre el

"¡Ojalá nunca hubiera vivido! —digo con aquel Caín. ¿Por qué me hicieron? ¿Por qué he de vivir? Y lo que no me explico es cómo Caín no se decidió por el suicidio. Habría sido el más noble comienzo de la historia humana. Pero ¿por qué no se suicidaron Adán y Eva después de la caída y antes de haber dado hijos? Ah, es que entonces Jehová habría hecho otros iguales y otro Caín y otro Abel. ¿No se repetirá esta misma tragedia en otros mundos, allá por las estrellas? Acaso la tragedia tiene otras representaciones, sin que baste el estreno de la tierra. ¿Pero fue estreno?"

"Cuando leí cómo Luzbel le declaraba a Caín cómo era éste, Caín, inmortal, es cuando empecé con terror a pensar si yo también seré inmortal y si será inmortal en mí mi odio. «Tendré alma —me dije entonces»— ¿será este mi odio alma? y llegué a pensar que no podría ser de otro modo, que no puede ser función de un cuerpo un odio así. Lo que no había encontrado con el escalpelo en otros lo encontré en mí. Un organismo corruptible no podía odiar como yo odiaba. Luzbel aspiraba a ser Dios, y yo desde muy niño, ¿no aspiré a anular a los demás? ¿Y cómo podía ser yo tan desgraciado si no me hizo tal el creador de la desgracia?" [38]

"Nada le costaba a Abel criar sus ovejas, como nada le costaba a él, al otro, hacer sus cuadros; ¿pero a mí? a mí me costaba mucho diagnosticar las dolencias de mis enfermos."

"Quejábase Caín de que Adah, su propia querida Adah, su mujer y hermana, no comprendiera el espíritu que a

---

Amor y la Ciencia, pues no hay otra elección'. Y en este mismo estupendo poema, al decir Caín que el árbol de la ciencia del bien y del mal era un árbol mentiroso, porque 'no sabemos nada, y su prometida ciencia fue el premio de la muerte', Luzbel le replica: 'Puede ser que la muerte conduzca al más alto conocimiento'. Es decir, a la nada" (*Del Sentimiento trágico de la vida*, cap. V, en *Ensayos*. II, p. 822). Tras este párrafo de Unamuno, discutir si el *Caín* byroniano influyó en él, o no, me parece una frivolidad.

[38] El fondo satánico y luzbelino de la pasión que embargaba a Joaquín Monegro queda aquí plenamente puesto de manifiesto.

él le abrumaba. Pero sí, sí, mi Adah, mi pobre Adah comprendía mi espíritu. Es que era cristiana. Mas tampoco yo encontré algo que conmigo simpatizara."

"Hasta que leí y releí el *Caín* byroniano, yo, que tantos hombres había visto agonizar y morir, no pensé en la muerte, no la descubrí. Y entonces pensé si al morir me moriría con mi odio, si se moriría conmigo o si me sobreviviría; pensé si el odio sobrevive a los odiadores, si es algo sustancial y que se trasmite, si es el alma, la esencia misma del alma. Y empecé a creer en el Infierno y que la muerte es un ser, es el Demonio, es el Odio hecho persona, es el Dios del alma. [39] Todo lo que mi ciencia no me enseñó me enseñaba el terrible poema de aquel gran odiador que fue lord Byron."

"Mi Adah también me echaba dulcemente en cara cuando yo no trabajaba, cuando no podía trabajar. Y Luzbel estaba entre mi Adah y yo. «¡No vayas con ese Espíritu!» —me gritaba mi Adah. ¡Pobre Antonia! Y me pedía también que le salvara de aquel Espíritu. Mi pobre Adah no llegó a odiarlos como los odiaba yo. ¿Pero llegué yo a querer de veras a mi Antonia? Ah, si hubiera sido capaz de quererla me habría salvado. [40] Era para mí otro instrumento de venganza. Queríala para madre de un hijo o de una hija que me vengaran. Aunque pensé, necio de mí, que una vez padre se me curaría aquello. Mas acaso no me casé sino para hacer odiosos como yo, para trasmitir mi odio, para inmortalizarlo."

"Se me quedó grabada en el alma como con fuego aquella escena de Caín y Luzbel en el abismo del espacio. Vi mi ciencia a través de mi pecado y la miseria de dar vida para propagar la muerte. Y vi que aquel odio inmortal era mi alma. Ese odio pensé que debió de haber precedido

---

[39] La serie Muerte-Infierno-Demonio-Odio identificada con la actitud espiritual de Joaquín Monegro es palpable en este párrafo.
[40] La salvación tiene que venir siempre de manos de la mujer, de acuerdo con una teoría que no abandonó nunca a Unamuno, hasta el punto de convertir la Trinidad divina en Cuaternidad, al objeto de dar entrada en la esencia divina a lo femenino.

a mi nacimiento y que sobreviviría a mi muerte. Y me sobrecojí de espanto al pensar en vivir siempre para aborrecer siempre. Era el Infierno. ¡Y yo que tanto me había reído de la creencia en él! ¡Era el Infierno!" [41]

"Cuando leí cómo Adah habló a Caín de su hijo, de Enoc, pensé en el hijo, o en la hija que habría de tener; pensé en ti, hija mía, mi redención y mi consuelo; pensé en que tú vendrías a salvarme un día. [42] Y al leer lo que aquel Caín decía a su hijo dormido e inocente, que no sabía que estaba desnudo, pensé si no había sido en mí un crimen engendrarte, pobre hija mía! ¿Me perdonarás haberte hecho? Y al leer lo que Adah decía a su Caín, recordé mis años de paraíso, cuando aún no iba a cazar premios, cuando no soñaba en superar a todos los demás. No, hija mía, no; no ofrecí mis estudios a Dios con corazón puro, no busqué la verdad y el saber, sino que busqué los premios y la fama y ser más que él."

"Él, Abel, amaba su arte y lo cultivaba con pureza de intención y no trató nunca de imponérseme. ¡No, no fue él quien me la quitó, no! ¡Y yo llegué a pensar en derribar el altar de Abel, loco de mí! Y es que no había pensado más que en mí.

"El relato de la muerte de Abel tal y como aquel terrible poeta del demonio nos le expone, me cegó. Al leerlo sentí que se me iban las cosas y hasta creo que sufrí un mareo. Y desde aquel día, gracias al impío Byron, empecé a creer." [43]

---

[41] El Odio, trascendiendo a la persona, es lo que permite que Joaquín quede enajenado en él; esa inmortalidad del odio es lo que le da su carácter demoníaco y permite su identificación con el Infierno.

[42] Esta idea de la mezcla de sangres de Abel y Caín que queda meramente esbozada en lord Byron es la que desarrollará Unamuno a lo largo de su novela.

[43] Sobre la influencia del *Caín* byroniano en la conversión espiritual de Unamuno no se ha escrito apenas nada, pero es una idea sobre la que creo sería interesante investigar detenidamente. En cualquier caso, es evidente que entre 1917 y 1920 se produce un giro espiritual en su actitud, que se acelerará en 1923, con ocasión del destierro a Fuerteventura y París.

XIII

Le dio Antonia a Joaquín una hija. "¡Una hija —se dijo— y él un hijo!" Mas pronto se repuso de esta nueva treta de su demonio. Y empezó a querer a su hija con toda la fuerza de su pasión y por ella a la madre. "Será mi vengadora" —se dijo primero, sin saber de qué habría de vengarle, y luego: "Será mi purificadora."

"Empecé a escribir esto —dejó escrito en su *Confesión*— más tarde para mi hija, para que ella, después de yo muerto, pudiese conocer a su pobre padre y compadecerle y quererle. Mirándola dormir en la cuna, soñando su inocencia, pensaba que para criarla y educarla pura tenía yo que purificarme de mi pasión, limpiarme de la lepra de mi alma. Y decidí hacerle que amase a todos y sobre todo a ellos. Y allí, sobre la inocencia de su sueño, juré libertarme de mi infernal cadena. Tenía que ser yo el mayor heraldo de la gloria de Abel."

Y sucedió que habiendo Abel Sánchez acabado su cuadro, lo llevó a una Exposición, donde obtuvo un aplauso general y fue admirado como estupenda obra maestra, y se le dio la medalla de honor.

Joaquín iba a la sala de la Exposición a contemplar el cuadro y a mirar en él, como si mirase en un espejo, al Caín de la pintura y a espiar en los ojos de las gentes si le miraban a él, después de haber mirado al otro.

"Torturábame la sospecha —escribió en su *Confesión*— de que Abel hubiese pensado en mí al pintar su Caín, de que hubiese descubierto todas las insondables negruras de la conversación que con él mantuve en su casa cuando me anunció su propósito de pintarlo y cuando me leyó los pasajes del Génesis, y yo me olvidé tanto de él y pensé tanto en mí mismo, que puse al desnudo mi alma enferma. ¡Pero no! No había en el Caín de Abel el menor parecido conmigo, no pensó en mí al pintarlo, es decir, no me despreció, no lo pintó desdeñándome, ni Helena debió de decirle nada de mí. Les bastaba con saborear el futuro triunfo, el que esperaban. ¡Ni siquiera pensaban en mí!

"Y esta idea de que ni siquiera pensasen en mí, de que no me odiaran, torturábame aun más que lo otro. Ser odiado por él con un odio como el que yo le tenía, era algo y podía haber sido mi salvación."

Y fue más allá, o entró más dentro de sí Joaquín, y fue que lanzó la idea de dar un banquete a Abel para celebrar su triunfo y que él, su amigo de siempre, su amigo de antes de conocerse, le ofrecería el banquete.

Joaquín gozaba de cierta fama de orador. En la Academia de Medicina y Ciencias era el que dominaba a los demás con su palabra cortante y fría, precisa y sarcástica de ordinario. Sus discursos solían ser chorros de agua fría sobre los entusiasmos de los principiantes, acres lecciones de escepticismo pesimista. Su tesis ordinaria que nada se sabía de cierto en Medicina, que todo era hipótesis y un continuo tejer y destejer, que lo más seguro era la desconfianza. Por esto, al saberse que era él, Joaquín, quien ofrecería el banquete, echáronse los más a esperar alborozados un discurso de doble filo, una disección despiadada, bajo apariencias de elogio, de la pintura científica y documentada, o bien un encomio sarcástico de ella. Y un regocijo malévolo corría por los corazones de todos los que habían oído alguna vez hablar a Joaquín del arte de Abel. Apercibiéronle a éste del peligro.

—Os equivocáis —les dijo Abel—. Conozco a Joaquín y no le creo capaz de eso. Sé algo de lo que le pasa, pero tiene un profundo sentido artístico y dirá cosas que valga la pena de oírlas. Y ahora quiero hacerle un retrato...

—¿Un retrato?

—Sí, vosotros no le conocéis como yo. Es un alma de fuego, tormentosa...

—Hombre más frío...

—Por fuera. Y en todo caso dicen que el fuego quema. Es una figura que ni a posta...

Y este juicio de Abel llegó a oídos del juzgado, de Joaquín, y le sumió más en sus cavilaciones. "¿Qué pensará en realidad de mí?", se decía. —"¿Será cierto que me tiene así, por un alma de fuego, tormentosa? ¿Será cierto que me reconoce víctima del capricho de la suerte?"

Llegó en esto a algo de que tuvo que avergonzarse hondamente, y fue que, recibida en su casa una criada que había servido en la de Abel, la requirió de ambiguas familiaridades aun sin comprometerse, no más que para inquirir de ella lo que en la otra casa hubiera oído decir de él.

—Pero, vamos, dime, ¿es que no les oíste nunca nada de mí?

—Nada, señorito, nada.

—Pero ¿no hablaban alguna vez de mí?

—Como hablar, sí, creo que sí, pero no decían nada.

—¿Nada, nunca nada?

—Yo no les oía hablar. En la mesa, mientras yo les servía, hablaban poco y cosas de esas de que se habla en la mesa. De los cuadros de él...

—Lo comprendo. ¿Pero nada, nunca nada de mí?

—No me acuerdo.

Y al separarse de la criada sintió Joaquín entrañada aversión a sí mismo. "Me estoy idiotizando —se dijo—. ¡Qué pensará de mí esta muchacha!" Y tanto le acongojó esto que hizo que con un pretexto cualquiera se le despachase a aquella criada. "¿Y si ahora va —se dijo luego— y vuelve a servir a Abel y le cuenta esto?" Por lo que estuvo a punto de pedir a su mujer que volviera a llamarla. Mas no se atrevió. E iba siempre temblando de encontrarla por la calle.

XIV

Llegó el día del banquete. Joaquín no durmió la noche de la víspera.

—Voy a la batalla, Antonia —le dijo a su mujer al salir de casa.

—Que Dios te ilumine y te guíe, Joaquín.

—Quiero ver a la niña, a la pobre Joaquinita...

—Sí, ven, mírala... está dormida...

—¡Pobrecilla! ¡No sabe lo que es el demonio! Pero yo te juro, Antonia, que sabré arrancármelo. Me lo arrancaré, lo estrangularé y lo echaré a los pies de Abel. Le daría un beso si no fuese que temo despertarla...

—¡No, no! ¡Bésala!

Inclinóse el padre y besó a la niña dormida, que sonrió al sentirse besada en sueños.

—Ves, Joaquín, también ella te bendice.

—¡Adiós, mujer! —Y le dio un beso largo, muy largo. Ella se fue a rezar ante la imagen de la Virgen.

Corría una maliciosa expectación por debajo de las conversaciones mantenidas durante el banquete. Joaquín, sentado a la derecha de Abel, e intensamente pálido, apenas comía ni hablaba. Abel mismo empezó a temer algo.

A los postres se oyeron siseos, empezó a cuajar el silencio, y alguien dijo: "¡Que hable!" Levantóse Joaquín. Su voz empezó temblona y sorda, pero pronto se aclaró y vibraba con un acento nuevo. No se oía más que su voz, que llenaba el silencio. El asombro era general. Jamás se había pronunciado un elogio más férvido, más encendido, más lleno de admiración y de cariño a la obra y a su autor. Sintieron muchos asomárseles las lágrimas cuando Joaquín evocó aquellos días de su común infancia con Abel, cuando ni uno ni otro soñaban lo que habrían de ser.

"Nadie le ha conocido más adentro que yo —decía—; creo conocerte mejor que me conozco a mí mismo, más puramente, porque de nosotros mismos no vemos en nuestras entrañas sino el fango de que hemos sido hechos. Es en otros donde vemos lo mejor de nosotros y lo amamos, y eso es la admiración. Él ha hecho en su arte lo que yo habría querido hacer en el mío, y por eso es uno de mis modelos; su gloria es un acicate para mi trabajo y es un consuelo de la gloria que no he podido adquirir. Él es nuestro, de todos, él es mío sobre todo, y yo, gozando su obra, la hago tan mía como él la hizo suya creándola. Y me consuelo de verme sujeto a mi medianía..."

Su voz lloraba a las veces. El público estaba subyugado, vislumbrando oscuramente la lucha gigantesca de aquel alma con su demonio.

"Y ved la figura de Caín —decía Joaquín dejando gotear las ardientes palabras—, del trágico Caín, del labrador errante, del primero que fundó ciudades, del padre de la industria, de la envidia y de la vida civil, ¡vedla! Ved con qué cariño, con qué compasión, con qué amor al desgraciado está pintada. ¡Pobre Caín! Nuestro Abel Sánchez admira a Caín como Milton admiraba a Satán, está enamorado de su Caín como Milton lo estuvo de su Satán, porque admirar es amar y amar es compadecer. [44] Nuestro Abel ha sentido toda la miseria, toda la desgracia inmerecida del que mató al primer Abel, del que trajo, según la leyenda bíblica, la muerte al mundo. Nuestro Abel nos hace comprender la culpa de Caín, porque hubo culpa, y compadecerle y amarle... ¡Este cuadro es un acto de amor!"

Cuando acabó Joaquín de hablar medió un silencio espeso, hasta que estalló una salva de aplausos. Levantóse

[44] Hay una creciente satanización de la figura de Caín en esta novela de Unamuno como se aprecia en este párrafo, y ello se debe probablemente a una influencia del poema de Milton, *El Paraíso perdido,* donde se hace de Caín un hijo del diablo. A este respecto es interesante consultar los libros de F. Blumenthal, *Lord Byron's Mistery "Caín" and its relation to Milton's "Paradise Lost" and Gessner's "Death of Abel",* Oldenburg, 1891; Rostrevor Hamilton, *Hero or Fool? A Study of Milton's Satan,* Londres, 1944; A. Graf, *The Story of the Devil,* Nueva York, 1931. Por otro lado, la relación entre Caín y Satán ya fue anticipada por lord Byron mismo como reconocen diversos autores. Por ejemplo, N. S. Thomson dice, refiriéndose a este último: "He saw in Caín only what some in modern times have seen in Lucifer: a symbol of the individual will pitted against destiny" ("The Rebel Angel in later poetry", *Philological Quaterly,* XXVII, 1948, p. 16); también M. Rudwin escribió: "Caín, another favorite character with the Romantics, was a kind of Satan in human flesh. In his Promethean anger, this afflicted and heavily laden primal son of man, becomes the avenger of mankind by insisting on the eternal why... Byron, in his *Cain* (1821), brings together two titanic spirts, Lucifer and Cain, drawn to each other by natural sympathy" (*The Devil in Legend and Literature,* Chicago, Londres, 1931, p. 305).

entonces Abel y, pálido, convulso, tartamudeante, con lágrimas en los ojos, le dijo a su amigo:

—Joaquín, lo que acabas de decir vale más, mucho más que mi cuadro, más que todos los cuadros que he pintado, más que todos los que pintaré... Eso, eso es una obra de arte y de corazón. Yo no sabía lo que he hecho hasta que te he oído. ¡Tú y no yo has hecho mi cuadro, tú!

Y abrazáronse llorando los dos amigos de siempre entre los clamorosos aplausos y vivas de la concurrencia puesta en pie. Y al abrazarse le dijo a Joaquín su demonio: "¡Si pudieses ahora ahogarle en tus brazos...!"

—¡Estupendo! —decían—. ¡Qué orador! ¡Qué discurso! ¿Quién podía haber esperado esto? ¡Lástima que no se haya traído taquígrafos!

—Esto es prodigioso —decía uno—. No espero volver a oír cosa igual.

—A mí —añadía otro— me corrían escalofríos al oírlo.

—¡Pero mírale, mírale qué pálido está!

Y así era. Joaquín, sintiéndose, después de su victoria, vencido, sentía hundirse en una sima de tristeza. No, su demonio no estaba muerto. Aquel discurso fue un éxito como no lo había tenido, como no volvería a tenerlo, y le hizo concebir la idea de dedicarse a la oratoria para adquirir en ella gloria con que oscurecer la de su amigo en la pintura.

—¿Has visto cómo lloraba Abel? —decía uno al salir.

—Es que este discurso de Joaquín vale por todos los cuadros del otro. El discurso ha hecho el cuadro. Habrá que llamarle el cuadro del discurso. Quita el discurso y ¿qué queda del cuadro? ¡Nada! A pesar del primer premio.

Cuando Joaquín llegó a casa, Antonia salió a abrirle la puerta y a abrazarle:

—Ya lo sé, ya me lo han dicho. ¡Así, así! Vales más que él, mucho más que él; que sepa que si su cuadro vale será por tu discurso.

—Es verdad, Antonia, es verdad, pero...

—Pero ¿qué? Todavía...

—Todavía, sí. No quiero decirte las cosas que el demonio, mi demonio, me decía mientras nos abrazábamos...

—No, no me las digas, ¡cállate!

—Pues tápame la boca.

Y ella se la tapó con un beso largo, cálido, húmedo, mientras se le nublaban de lágrimas los ojos.

—A ver si así me sacas el demonio, Antonia, a ver si me lo sorbes.

—Sí, para quedarme con él, ¿no es eso? —y procuraba reírse la pobre.

—Sí, sórbemelo, que a ti no puede hacerte daño, que en ti se morirá, se ahogará en tu sangre como en agua bendita...

Y cuando Abel se encontró en su casa, a solas con su Helena, ésta le dijo:

—Ya han venido a contarme lo del discurso de Joaquín. ¡Ha tenido que tragar tu triunfo!... ¡ha tenido que tragarte...!

—No hables así, mujer, que no le has oído.

—Como si le hubiese oído.

—Le salía del corazón. Me ha conmovido. Te digo que ni yo sé lo que he pintado hasta que no le he oído a él explicárnoslo.

—No te fíes... no te fíes de él... cuando tanto le ha elogiado, por algo será...

—¿Y no puede haber dicho lo que sentía?

—Tú sabes que está muerto de envidia de ti...

—Cállate.

—Muerto, sí, muertito de envidia de ti...

—¡Cállate, cállate, mujer, cállate!

—No, no son celos, porque él ya no me quiere, si es que me quiso... es envidia... envidia...

—¡Cállate! ¡Cállate! —rugió Abel.

—Bueno, me callo, pero tú verás...

—Ya he visto y he oído y me basta. ¡Cállate, digo! [45]

---

[45] La negativa de Abel a aceptar la envidia de Joaquín podría tener su última razón de ser en su propia envidia no reconocida.

XV

¡Pero no, no! Aquel acto heroico no le curó al pobre Joaquín.

"Empecé a sentir remordimiento —escribió en su *Confesión*— de haber dicho lo que dije, de no haber dejado estallar mi mala pasión para así librarme de ella, de no haber acabado con él artísticamente, denunciando los engaños y falsos efectismos de su arte, sus imitaciones, su técnica fría y calculada, su falta de emoción; de no haber matado su gloria. Y así me habría librado de lo otro, diciendo la verdad, reduciendo su prestigio a su verdadera tasa. Acaso Caín, el bíblico, el que mató al otro Abel, empezó a querer a éste luego que le vio muerto. Y entonces fue cuando empecé a creer: de los efectos de aquel discurso provino mi conversión."

Lo que Joaquín llamaba así en su *Confesión* fue que Antonia, su mujer, que le vio no curado, que le temió acaso incurable, fue induciéndole a que buscase armas en la religión de sus padres, en la de ella, en la que había de ser de su hija, en la oración.

—Tú lo que debes hacer es ir a confesarte...

—Pero, mujer, si hace años que no voy a la iglesia...

—Por lo mismo.

—Pero si no creo en esas cosas...

—Eso creerás tú, pero a mí me ha explicado el padre cómo vosotros, los hombres de ciencia, creéis no creer, pero creéis. Yo sé que las cosas que te enseñó tu madre, las que yo enseñaré a nuestra hija...

—¡Bueno, bueno, déjame!

—No, no te dejaré. Vete a confesarte, te lo ruego.

—¿Y qué dirán los que conocen mis ideas?

—Ah, ¿es eso? ¿Son respetos humanos?

Mas la cosa empezó a hacer mella en el corazón de Joaquín y se preguntó si realmente no creía y aun sin creer quiso probar si la Iglesia podría curarle. Y empezó a frecuentar el templo, algo demasiado a las claras, como en son de desafío a los que conocían sus ideas irreligiosas, y acabó yendo a un confesor. Y una vez en el confesonario se le desató el alma.

—Le odio, padre, le odio con toda mi alma, y a no creer como creo, a no querer creer como quiero creer, le mataría...

—Pero eso, hijo mío, eso no es odio; eso es más bien envidia.

—Todo odio es envidia, padre, todo odio es envidia.

—Pero debe cambiarlo en noble emulación, en deseo de hacer en su profesión y sirviendo a Dios, lo mejor que pueda...

—No puedo, no puedo, no puedo trabajar. Su gloria no me deja. [46]

—Hay que hacer un esfuerzo... para eso el hombre es libre...

—No creo en el libre albedrío, padre. Soy médico.

—Pero...

—¿Qué hice yo para que Dios me hiciese así, rencoroso, envidioso, malo? ¿Qué mala sangre me legó mi padre?

—Hijo mío... hijo mío...

—No, no creo en la libertad humana, y el que no cree en la libertad no es libre. ¡No, no lo soy! ¡Ser libre es creer serlo!

—Es usted malo porque desconfía de Dios.

—¿El desconfiar de Dios es maldad, padre?

—No quiero decir eso, sino que la mala pasión de usted proviene de que desconfía de Dios...

—¿El desconfiar de Dios es maldad? Vuelvo a preguntárselo.

[46] La envidia obsesiva llevada a su último extremo conduce, en efecto, al odio; la única forma de combatirla es, según se dice en el diálogo, convertirla en estímulo y emulación para con nosotros mismos, dándole un sentido de noble competencia en vez de convertirla en motivo de animosidad y animadversión contra el prójimo; el precio de hacerlo así es la impotencia creadora y la sequedad espiritual.

—Sí, es maldad.

—Luego desconfío de Dios porque me hizo malo, como a Caín le hizo malo. Dios me hizo desconfiado...

—Le hizo libre.

—Sí, libre de ser malo.

—¡Y de ser bueno!

—¿Por qué nací, padre?

—Pregunte más bien que para qué nació... [47]

XVI

Abel había pintado una Virgen con el niño en brazos, que no era sino un retrato de Helena, su mujer, con el hijo, Abelito. El cuadro tuvo éxito, fue reproducido, y ante una espléndida fotografía de él rezaba Joaquín a la Virgen Santísima, diciéndole: "¡Protégeme! ¡Sálvame!"

Pero mientras así rezaba, susurrándose en voz baja y como para oírse, quería acallar otra voz más honda, que brotándole de las entrañas le decía: "¡Así se muera! ¡Así te la deje libre!"

—¿Con que te has hecho ahora reaccionario? —le dijo un día Abel a Joaquín.

—¿Yo?

—¡Sí, me han dicho que te has dado a la iglesia y que oyes misa diaria, y como nunca has creído ni en Dios ni en el Diablo, y no es cosa de convertirse así, sin más ni menos, pues que te has hecho reaccionario!

—¿Y a ti qué?

---

[47] En este brevísimo diálogo se resume la contradicción entre el afán de conocimiento —simbolizado en el Árbol de la Ciencia— satisfecho a través de la contestación a los *por qués* y el impulso espiritual de salvación —Árbol de la Vida— expresado en la finalidad del *para qué*. La dialéctica Ciencia-Arte, Razón-Vida, Causa-Fin... que recorre toda la nívola está aquí magistralmente reflejada en su insuperable concisión.

—No, si no te pido cuentas; pero... ¿crees de veras?

—Necesito creer.

—Eso es otra cosa. ¿Pero crees?

—Ya te he dicho que necesito creer, y no me preguntes más.

—Pues a mí con el arte me basta; el arte es mi religión. [48]

—Pues has pintado Vírgenes...

—Sí, a Helena.

—Que no lo es precisamente.

—Para mí como si lo fuese. Es la madre de mi hijo...

—¿Nada más?

—Y toda madre es virgen en cuanto es madre.

—¡Ya estás haciendo teología!

—No sé, pero aborrezco el reaccionarismo y la gazmoñería. Todo eso me parece que no nace sino de la envidia, y me extraña en ti, que te creo muy capaz de distinguirte del vulgo, de los mediocres, me extraña que te pongas ese uniforme.

—¡A ver, a ver, Abel, explícate!

—Es muy claro. Los espíritus vulgares, ramplones, no consiguen distinguirse, y como no pueden sufrir que otros se distingan, les quieren imponer el uniforme del dogma, que es un traje de munición, para que no se distingan. El origen de toda ortodoxia, lo mismo en religión que en arte, es la envidia, no te quepa duda. Si a todos se nos deja vestirnos como se nos antoje, a uno se le ocurre un atavío que llame la atención y pone de realce su natural elegancia, y si es hombre hace que las mujeres le admiren, y se enamoren de él mientras otro, naturalmente ramplón y vulgar, no logra sino ponerse en ridículo buscando vestirse a su modo, y por eso los vulgares, los ramplones, que son los envidiosos, han ideado una especie de uniforme, un

---

[48] El arte puede ser religión, pues tiene finalidad en sí mismo; de aquí la constante insatisfacción de Joaquín, que quiere hacer de la ciencia médica un arte o busca —como ahora— consuelo en la religión.

modo de vestirse como muñecos, que pueda ser moda, porque la moda es otra ortodoxia. [49] Desengáñate, Joaquín: eso que llaman ideas peligrosas, atrevidas, impías, no son sino las que no se les ocurre a los pobres de ingenio rutinario, a los que no tienen ni pizca de sentido propio ni originalidad y sí sólo sentido común y vulgaridad. Lo que más odian es la imaginación y porque no la tienen.

—Y aunque así sea —exclamó Joaquín—, ¿es que esos que llaman los vulgares, los ramplones, los mediocres, no tienen derecho a defenderse?

—Otra vez defendiste en mi casa, ¿te acuerdas?, a Caín, al envidioso, y luego, en aquel inolvidable discurso que me moriré leyéndotelo, en aquel discurso a que debo lo más de mi reputación, nos enseñaste, me enseñaste a mí al menos, el alma de Caín. Pero Caín no era ningún vulgar, ningún ramplón, ningún mediocre...

—Pero fue el padre de los envidiosos...

—Sí, pero de otra envidia, no de la de esa gente... La envidia de Caín era algo grande; la del fanático inquisidor es lo más pequeño que hay. Y me choca verte entre ellos... [50]

"Pero este hombre —se decía Joaquín al separarse de Abel— ¿es que lee en mí? Aunque no, parece no darse cuenta de lo que me pasa. Habla y piensa como pinta, sin saber lo que dice y lo que pinta. Es un inconsciente, [51] aunque yo me empeñe en ver en él un técnico reflexivo..."

[49] El tema de la envidia como fuente de mediocridad y origen del dogmatismo había sido ya ampliamente tratado por Unamuno en sus ensayos: "Sobre la soberbia" (Ensayos, I, pp. 621-634) y "La envidia hispánica" (Ensayos, II, pp. 407-414).

[50] Hay envidias y envidias; de ellas nos habla Unamuno en el prólogo a la segunda edición de Abel Sánchez: "Al fin la envidia que yo trate de mostrar en el alma de mi Joaquín Monegro es una envidia trágica, una envidia que se defiende, una envidia que podría llamarse angélica; ¿pero esa otra envidia hipócrita, solapada, abyecta, que está devorando a lo más indefenso del alma de nuestro pueblo? ¿Esa envidia colectiva?, ¿la envidia del auditorio que va al teatro a aplaudir las burlas a lo que es más exquisito o más profundo?"

[51] Primera edición: "inconsciente".

XVII

Enteróse Joaquín de que Abel andaba enredado con una antigua modelo, y esto le corroboró en su aprensión de que no se había casado con Helena por amor. "Se casaron —decíase— por humillarme." Y luego se añadía: "Ni ella, ni Helena le quiere, ni puede quererle... ella no quiere a nadie, es incapaz de cariño, no es más que un hermoso estuche de vanidad... Por vanidad, y por desdén a mí, se casó, y por vanidad o por capricho es capaz de faltar a su marido... Y hasta con el mismo a quien no quiso para marido..." Surgíale a la vez de entre pavesas una brasa que creía apagada al hielo de su odio, y era su antiguo amor a Helena. Seguía, sí, a pesar de todo, enamorado de la pava real, de la coqueta, de la modelo de su marido. Antonia le era muy superior, sin duda, pero la otra era la otra. Y luego, la venganza... ¡es tan dulce la venganza! ¡Tan tibia para un corazón helado!

A los pocos días fue a casa de Abel, acechando la hora en que éste se hallara fuera de ella. Encontró a Helena sola con el niño, a aquella Helena, a cuya imagen divinizada había en vano pedido protección y salvación.

—Ya me ha dicho Abel —le dijo su prima— que ahora te ha dado por la iglesia. ¿Es que Antonia te ha llevado a ella, o es que vas huyendo de Antonia?

—¿Pues?

—Porque los hombres soléis haceros beatos o a rastras de la mujer o escapando de ella...

—Hay quien escapa de la mujer, y no para ir a la iglesia precisamente.

—Sí, ¿eh?

—Sí, pero tu marido, que te ha venido con el cuento ése, no sabe algo más, y es que no sólo rezo en la iglesia...

—¡Es claro! Todo hombre devoto debe hacer sus devociones en casa.

—Y las hago. Y la principal es pedir a la Virgen que me proteja y me salve.

—Me parece muy bien.

—¿Y sabes ante qué imagen pido eso?

—Si tú no me lo dices...

—Ante la que pintó tu marido...

Helena volvió la cara de pronto, enrojecida, al niño que dormía en un rincón del gabinete. La brusca violencia del ataque la desconcertó. Mas reponiéndose dijo:

—Eso me parece una impiedad de tu parte y prueba, Joaquín, que tu nueva devoción no es más que una farsa y algo peor...

—Te juro, Helena...

—El segundo: no jurar su santo nombre en vano.

—Pues te juro, Helena, que mi conversión fue verdadera, es decir que he querido creer, que he querido defenderme con la fe de una pasión que me devora...

—Sí, conozco tu pasión.

—¡No, no la conoces!

—La conozco. No puedes sufrir a Abel.

—Pero ¿por qué no puedo sufrirle?

—Eso tú lo sabrás. No has podido sufrirle nunca, ni aun antes de que me le presentases.

—¡Falso!... ¡falso!

—¡Verdad! ¡Verdad!

—¿Y por qué no he de poder sufrirle?

—Pues porque adquiere fama, porque tiene renombre... ¿No tienes tú clientela? ¿No ganas con ella?

—Pues mira, Helena, voy a decirte la verdad, toda la verdad. ¡No me basta con eso! Yo querría haberme hecho famoso, haber hallado algo nuevo en mi ciencia, haber unido mi nombre a algún descubrimiento científico...

—Pues ponte a ello, que talento no te falta.

—Ponerme a ello... ponerme a ello... Habríame puesto a ello, sí, Helena, si hubiese podido haber puesto esa gloria a tus pies...

—¿Y por qué no a los de Antonia?

—¡No hablemos de ella!

—¿Ah, pero has venido a esto? ¿Has espiado el que

mi Abel —y recalcó el *mi*— estuviese fuera para venir a esto?

—¡Tu Abel... tu Abel...! ¡Valiente caso hace de ti tu Abel!

—¿Qué? ¿También delator, acusique, soplón?

—Tu Abel tiene otros modelos que tú.

—Y ¿qué? —exclamó Helena, irguiéndose. —Y ¿qué si las tiene? ¡Señal de que sabe ganarlas! ¿O es que también de eso le tienes envidia? ¿Es que no tienes más remedio que contentarte con... tu Antonia? ¿Ah, y porque él ha sabido buscarse otra vienes tú aquí hoy a buscarte otra también? ¿Y vienes así, con chismes de éstos? ¿No te da vergüenza, Joaquín? Quítate, quítate de ahí, que me da bascas sólo el verte.

—¡Por Dios, Helena, que me estás matando... que me estás matando!

—Anda, vete, vete a la iglesia, hipócrita, envidioso; vete a que tu mujer te cure, que estás muy malo.

—¡Helena, Helena, que tú sola puedes curarme! ¡Por cuanto más quieras, Helena, mira que pierdes para siempre a un hombre!

—¿Ah, y quieres que por salvarte a ti pierda a otro, al mío?

—A ése no le pierdes; le tienes ya perdido. Nada le importa de ti. Es incapaz de quererte. Yo, yo soy el que te quiero, con toda mi alma, con un cariño como no puedes soñar.

Helena se levantó, fue al niño y despertándolo, cogiólo en brazos, y volviendo a Joaquín le dijo: "¡Vete! Es éste, el hijo de Abel, quien te echa de su casa; ¡vete!"

XVIII

Joaquín empeoró. La ira al conocer que se había desnudado el alma ante Helena, y el despecho por la manera como ésta le rechazó, en que vio claro que le despreciaba, acabó de enconarle el ánimo. Mas se dominó buscando en su mujer y en su hija consuelo y remedio. Ensombreciósele aun más su vida de hogar; se le agrió el humor.

Tenía entonces en casa una criada muy devota, que procuraba oír misa diaria y se pasaba las horas que el servicio le dejaba libre, encerrada en su cuarto haciendo sus devociones. Andaba con los ojos bajos, fijos en el suelo, y respondía a todo con la mayor mansedumbre y en voz algo gangosa. Joaquín no podía resistirla y la regañaba con cualquier pretexto. "Tiene razón el señor", solía decirle ella.

—¿Cómo que tengo razón? —exclamó una vez, ya perdida la paciencia, él, el amo—. ¡No, ahora no tengo razón!

—Bueno, señor, no se enfade, no la tendrá.

—¿Y nada más?

—No le entiendo, señor.

—¿Cómo que no me entiendes, gazmoña, hipócrita? ¿Por qué no te defiendes? ¿Por qué no me replicas? ¿Por qué no te rebelas?

—¿Rebelarme yo? Dios y la Santísima Virgen me defiendan de ello, señor.

—¿Pero quieres más —intervino Antonia— sino que reconozca sus faltas?

—No, no las reconoce. ¡Está llena de soberbia!

—¿De soberbia yo, señor?

—¿Lo ves? Es la hipócrita soberbia de no reconocerla. Es que está haciendo conmigo, a mi costa, ejercicios de humildad y de paciencia; es que toma mis accesos de mal humor como cilicios para ejercitarse en la virtud de la paciencia. ¡Y a mi costa, no! ¡No, no y no! ¡A mi costa, no! A mí no se me toma de instrumento para hacer méritos para el cielo. ¡Eso es hipocresía!

La criadita lloraba, rezando entre dientes.

—Pero y si es verdad, Joaquín —dijo Antonia— que realmente es humilde… ¿Por qué va a rebelarse? Si se hubiese rebelado te habrías irritado aún más.

—¡No! Es una canallada tomar las flaquezas del prójimo como medio para ejercitarnos en la virtud. Que me replique, que sea insolente, que sea persona... y no criada...

—Entonces, Joaquín, te irritaría más.

—No, lo que más me irrita son esas pretensiones a mayor perfección.

—Se equivoca usted, señor —dijo la criada, sin levantar los ojos del suelo—; yo no me creo mejor que nadie.

—No, ¿eh? ¡Pues yo sí! Y el que no se crea mejor que otro, es un mentecato. ¿Tú te creerás la más pecadora de las mujeres, es eso? ¡Anda, responde!

—Esas cosas no se preguntan, señor.

—Anda, responde, que también San Luis Gonzaga dicen que se creía el más pecador de los hombres; responde: ¿te crees, sí o no, la más pecadora de las mujeres?

—Los pecados de las otras no van a mi cuenta, señor.

—Idiota, más que idiota. ¡Vete de ahí!

—Dios le perdone, como yo le perdono, señor.

—¿De qué? Ven y dímelo, ¿de qué? ¿De qué me tiene que perdonar Dios? Anda, dilo.

—Bueno, señora, lo siento por usted, pero me voy de esta casa.

—Por ahí debiste empezar —concluyó Joaquín.

Y luego, a solas con su mujer, le decía:

—Y ¿no irá diciendo esta gatita muerta que estoy loco? ¿No lo estoy acaso, Antonia? ¿Dime, estoy loco, sí o no?

—Por Dios, Joaquín, no te pongas así...

—Sí, sí creo estar loco... Enciérrame. Esto va a acabar conmigo.

—Acaba tú con ello. [52]

---

[52] Este capítulo es importante como expresión del *status* social del protagonista; se trata de una familia de clase media situada en un medio provinciano, donde las interioridades e intimidad de las familias son reveladas a través del servicio. Las "criadas" de las respectivas casas eran muchas veces como vasos comunicantes que hacían partícipes de los secretos del hogar donde servían a sus amigas y compañeras, las cuales con frecuencia los comunicaban a sus señores. En esa realidad se fundaba el miedo de Joaquín; póngase este capítulo en relación con el final del capítulo XIII.

XIX

Concentró entonces todo su ahínco en su hija, en criarla y educarla, en mantenerla libre de las inmundicias morales del mundo.

—Mira —solía decirle a su mujer—, es una suerte que sea sola, que no hayamos tenido más.

—¿No te habría gustado un hijo?

—No, no, es mejor hija, es más fácil aislarla del mundo indecente. Además, si hubiésemos tenido dos, habrían nacido envidias entre ellos...

—¡O no!

—O sí. No se puede repartir el cariño igualmente entre varios: lo que se le da al uno se le quita al otro. Cada uno pide todo para él y sólo para él. No, no, no quisiera verme en el caso de Dios...

—Y ¿cuál es ese caso?

—El de tener tantos hijos. ¿No dicen que somos todos hijos de Dios?

—No digas esas cosas, Joaquín...

—Unos están sanos para que otros estén enfermos... Hay que ver el reparto de las enfermedades...

No quería que su hija tratase con nadie. La llevó una maestra particular a casa, y él mismo, en ratos de ocio, le enseñaba algo.

La pobre Joaquina adivinó en su padre a un paciente mientras recibía de él una concepción tétrica del mundo y de la vida.

—Te digo —le decía Joaquín a su mujer— que es mejor, mucho mejor que tengamos una hija sola, que no tengamos que repartir el cariño...

—Dicen que cuanto más se reparte crece más...

—No creas así. ¿Te acuerdas de aquel pobre Ramírez, el procurador? Su padre tenía dos hijos y dos hijas y pocos recursos. En su casa no se comía sino sota, caballo y rey, cocido, pero no principio; sólo el padre, Ramírez pa-

dre, tomaba principio, del cual daba alguna vez a uno de
los hijos y a una de las hijas, pero nunca a los otros. Cuando repicaban gordo, en días señalados, había dos princi-
pios para todos y otro además para él, para el amo de la
casa, que en algo había de distinguirse. Hay que conservar la jerarquía. Y a la noche, al recogerse a dormir Ramírez padre daba siempre un beso a uno de los hijos y a una
de las hijas, pero no a los otros dos.

—¡Qué horror! ¿Y por qué?

—Qué sé yo... Le parecerían más guapos los prefe-
ridos...

—Es como lo de Carvajal, que no puede ver a su hija
menor...

—Es que le ha llegado la última, seis años después de
la anterior y cuando andaba mal de recursos. Es una nueva carga, e inesperada. Por eso le llama la intrusa.

—¡Qué horrores, Dios mío!

—Así es la vida, Antonia, un semillero de horrores. Y
bendigamos a Dios el no tener que repartir nuestro cariño.

—¡Cállate!

—¡Cállome!

Y le hizo callar. [53]

XX

El hijo de Abel estudiaba Medicina, y su padre solía
dar a Joaquín noticias de la marcha de sus estudios. Habló
Joaquín algunas veces con el muchacho mismo y le cobró
algún afecto; tan insignificante le pareció.

---

[53] El tema de la injusticia en el reparto de bienes espirituales
a todos los hombres subyace a toda la novela, siendo éste quizá
el fondo más misterioso del mito bíblico, donde Abel es agraciado y Caín desgraciado a los ojos divinos, sin que se sepa, en
definitiva, la causa. Aquí pone Unamuno en el tapete la misma
cuestión, referida al cariño de los hijos.

—¿Y cómo le dedicas a médico y no a pintor? —le preguntó a su amigo.

—No le dedico yo, se dedica él. No siente vocación alguna por el arte...

—Claro, y para estudiar Medicina no hace falta vocación...

—No he dicho eso. Tú siempre tan mal pensado. Y no sólo no siente vocación por la pintura, pero ni curiosidad. Apenas si se detiene a ver lo que pinto ni se informa de ello.

—Es mejor así acaso...

—¿Por qué?

—Porque si se hubiera dedicado a la pintura, o lo hacía mejor que tú, o peor. Si peor, eso de ser Abel Sánchez, hijo, al que llamarían Abel Sánchez el Malo o Sánchez el Malo o Abel el Malo, no está bien ni él lo sufriría...

—¿Y si fuera mejor que yo?

—Entonces serías tú quien no lo sufriría.

—Piensa el ladrón que todos son de su condición.

—Sí, venme ahora a mí, a mí, con esas pamemas. Un artista no soporta la gloria de otro, y menos si es su propio hijo o su hermano. Antes la de un extraño. Eso de que uno de su sangre le supere... ¡eso no! ¿Cómo explicarlo? Haces bien en dedicarle a la Medicina.

—Además, así ganará más.

—¿Pero quieres hacerme creer que no ganas mucho con la pintura?

—Bah, algo.

—Y además, gloria.

—¿Gloria? Para lo que dura...

—Menos dura el dinero.

—Pero es más sólido.

—No seas farsante, Abel, no finjas despreciar la gloria.

—Te aseguro que lo que hoy me preocupa es dejar una fortuna a mi hijo.

—Le dejarás un nombre.

—Los nombres no se cotizan.

—¡El tuyo, sí!

—Mi firma, pero es... ¡Sánchez! ¡Y menos mal si no le da por firmar Abel S. Puig! —que le hagan marqués de Casa Sánchez. Y luego el Abel quita la malicia al Sánchez. Abel Sánchez suena bien.

XXI

Huyendo de sí mismo, y para ahogar con la constante presencia del otro, de Abel, en su espíritu, la triste conciencia enferma que se le presentaba, empezó a frecuentar una peña del Casino. [54] Aquella conversación ligera le serviría como de narcótico, o más bien se embriagaría con ella. ¿No hay quien se entrega a la bebida para ahogar una pasión devastadora en ella, para derretir en vino un amor frustrado? Pues él se entregaría a la conversación casinera, a oírla más que a tomar parte muy activa en ella, para ahogar también su pasión. Sólo que el remedio fue peor que la enfermedad.

Iba siempre decidido a contenerse, a reír y bromear, a murmurar como por juego, a presentarse a modo de desinteresado espectador de la vida, bondadoso como un escéptico de profesión, atento a lo de que comprender es perdonar, y sin dejar traslucir el cáncer que le devoraba la voluntad. Pero el mal le salía por la boca, en las palabras, cuando menos lo esperaba, y percibían todos en ellas el hedor del mal. Y volvía a casa irritado contra sí mismo, reprochándose su cobardía y el poco dominio sobre sí y decidido a no volver más a la peña del Casino. "No —se decía—, no vuelvo, no debo volver; esto me empeora, me

[54] El Casino como centro de reunión social era una institución imprescindible en la antigua vida de la provincia española, que sólo muy recientemente ha dejado de tener vigencia: lugar de encuentro, de juego y de tertulia, no podía dejar de aparecer en esta novela, donde el medio provinciano marca con su mediocridad la grandeza de las pasiones en juego.

agrava; aquel ámbito es deletéreo; no se respira allí más que malas pasiones retenidas; no, no vuelvo; lo que yo necesito es soledad, soledad. ¡Santa soledad!"

Y volvía.

Volvía por no poder sufrir la soledad. Pues en la soledad, jamás lograba estar solo, sino que siempre allí el otro. ¡El otro! Llegó a sorprenderse en diálogo con él, tramando lo que el otro le decía. Y el otro, en estos diálogos solitarios, en estos monólogos dialogados, le decía cosas indiferentes o gratas, no le mostraba ningún rencor. "¡Por qué no me odia, Dios mío! —llegó a decirse—. ¿Por qué no me odia?" [55]

Y se sorprendió un día a sí mismo a punto de pedir a Dios, en infame oración diabólica, que infiltrase en el alma de Abel odio a él, a Joaquín. Y otra vez: "¡Ah, si me envidiase... si me envidiase...!" Y a esta idea, que como fulgor lívido cruzó por las tinieblas de su espíritu de amargura, sintió un gozo como de derretimiento, un gozo que le hizo temblar hasta los tuétanos del alma, escalofriados. ¡Ser envidiado...! ¡Ser envidiado...!

"¿Mas no es esto —se dijo luego— que me odio, que me envidio a mí mismo...?" Fuese a la puerta, la cerró con llave, miró a todos lados, y al verse solo arrodillóse murmurando con lágrimas de las que escaldan en la voz: "Señor, Señor. ¡Tú me dijiste: ama a tu prójimo como a ti mismo! Y yo no amo al prójimo, no puedo amarle, porque no me amo, no sé amarme, no puedo amarme a mí mismo. ¡Qué has hecho de mí, Señor!" [56]

Fue luego a coger la Biblia y la abrió por donde dice: "Y Jehová dijo a Caín: ¿dónde está Abel tu hermano?" Cerró lentamente el libro, murmurando: "¿Y dónde estoy

[55] En el fondo, y a un nivel puramente psicológico, el lograr el odio del odiado es el objetivo primario del odiador; es el nivel básico de esta pasión demoníaca.

[56] Que la actitud espiritual hacia los demás es inseparable de la mantenida hacia uno mismo, y viceversa, es una de esas verdades bien asentadas por la religión y la psicología tradicional.

yo?" [57] Oyó entonces ruido fuera y se apresuró a abrir la puerta. "¡Papá, papaíto!", exclamó su hija al entrar. Aquella voz fresca pareció volverle a la luz. Besó a la muchacha y rozándole el oído con la boca le dijo bajo, muy bajito, para que no lo oyera nadie: "¡Reza por tu padre, hija mía!"

—¡Padre! ¡Padre! —gimió la muchacha, echándole los brazos al cuello.

Ocultó la cabeza en el hombro de la hija y rompió a llorar.

—¿Qué te pasa, papá, estás enfermo?

—Sí, estoy enfermo. Pero no quieras saber más.

XXII

Y volvió al Casino. Era inútil resistirlo. Cada día se inventaba a sí mismo un pretexto para ir allá. Y el molino de la peña seguía moliendo.

Allí estaba Federico Cuadrado, implacable, que en cuanto oía que alguien elogiaba a otro preguntaba: "¿Contra quién va ese elogio?"

—Porque a mí —decía con su vocecita fría y cortante— no me la dan con queso; cuando se elogia mucho a uno, se tiene presente a otro al que se trata de rebajar con ese elogio, a un rival del elogiado. Eso cuando no se le elogia con mala intención, por ensañarse en él... Nadie elogia con buena intención. [58]

—Hombre —le replicaba León Gómez, que se gozaba en dar cuerda al cínico Cuadrado— ahí tienes a don Leo-

---

[57] Aflora aquí, con toda su fuerza dramática, el problema que más obsesionó a Unamuno como hombre y como pensador: el misterio de la personalidad.

[58] El medio provinciano está dominado por la rivalidad, que en la mayoría de las ocasiones se traduce en envidias y aun en odios.

vigildo, al cual nadie le ha oído todavía hablar mal de
otro...

—Bueno —intercalaba un diputado provincial—, es que
don Leovigildo es un político y los políticos deben estar
a bien con todo el mundo. ¿Qué dices Federico?

—Digo que don Leovigildo se morirá sin haber hablado mal ni pensado bien de nadie. Él no dará acaso ni el
más ligero empujoncito para que otro caiga, ni aunque no
se lo vean, porque no sólo teme al código penal, sino también al infierno; pero si el otro se cae y se rompe la crisma, se alegrará hasta los tuétanos. Y para gozarse en la
rotura de la crisma del otro, será el primero que irá a con-
dolerse de su desgracia y darle el pésame.

—Yo no sé cómo se puede vivir sintiendo así —dijo
Joaquín.

—Sintiendo ¿cómo? —le arguyó al punto Federico—.
¿Como siente don Leovigildo, como siento yo o como sien-
tes tú?

—¡De mí nadie ha hablado! —Y esto lo dijo con acre
displicencia.

—Pero hablo yo, hijo mío, porque aquí todos nos co-
nocemos...

Joaquín se sintió palidecer. Le llegaba como un puñal
de hielo hasta las entrañas de la voluntad aquel ¡hijo mío!
que prodigaba Federico, su demonio de la guarda, [59] cuando echaba la garra sobre alguien.

—No sé por qué le tienes esa tirria a don Leovigildo
—añadió Joaquín, arrepintiéndose de haberlo dicho apenas lo dijera, pues sintió que estaba atizando la mala lum-
bre.

—¿Tirria? ¿Tirria yo? ¿Y a don Leovigildo?

—Sí, no sé qué mal te ha hecho...

—En primer lugar, hijo mío, no hace falta que le hayan
hecho a uno mal alguno para tenerle tirria. Cuando se le
tiene a uno tirria, es fácil inventar ese mal, es decir, figu-

[59] El "demonio de la guarda" es una contrarréplica del tradicional "ángel de la guarda", propia de un medio dominado por
el odio.

rarse uno que se lo han hecho... Y yo no le tengo a don Leovigildo más tirria que a otro cualquiera. Es un hombre y basta. ¡Y un hombre honrado!

—Como tú eres un misántropo profesional... —empezó el diputado provincial.

—El hombre es el bicho más podrido y más indecente, ya os lo he dicho cien veces. Y el hombre honrado es el peor de los hombres.

—Anda, anda, ¿qué dices a eso tú, que hablabas el otro día del político honrado, refiriéndote a don Leovigildo? —le dijo León Gómez al diputado.

—¡Político honrado! —saltó Federico—. ¡Eso sí que no!

—Y ¿por qué? —preguntaron tres a coro.

—¿Que por qué? Porque lo ha dicho él mismo. Porque tuvo en un discurso la avilantez de llamarse a sí mismo honrado. No es honrado declararse tal. Dice el Evangelio que Cristo Nuestro Señor...

—¡No mientes a Cristo, te lo suplico! —le interrumpió Joaquín.

—¿Qué? ¿Te duele también Cristo, hijo mío?

Hubo un breve silencio, oscuro y frío.

—Dijo Cristo Nuestro Señor —recalcó Federico— que no le llamaran bueno, que bueno era sólo Dios. ¡Y hay cochinos cristianos que se atreven a llamarse a sí mismos honrados!

—Es que honrado no es precisamente bueno —intercaló don Vicente, el magistrado.

—Ahora lo ha dicho usted, don Vicente. ¡Y gracias a Dios que le oigo a un magistrado alguna sentencia razonable y justa!

—De modo —dijo Joaquín— que uno no debe confesarse honrado. ¿Y pillo?

—No hace falta.

—Lo que quiere el señor Cuadrado —dijo don Vicente, el magistrado— es que los hombres se confiesen bellacos y sigan siéndolo; ¿no es eso?

—¡Bravo! —exclamó el diputado provincial.

—Le diré a usted, hijo mío —contestó Federico, pensando la respuesta—. Usted debe saber cuál es la excelencia del sacramento de la confesión en nuestra sapientísima Madre Iglesia...

—Alguna otra barbaridad —interrumpió el magistrado.

—Barbaridad, no, sino muy sabia institución. La confesión sirve para pecar más tranquilamente, pues ya sabe uno que le ha de ser perdonado su pecado. ¿No es así, Joaquín?

—Hombre, si uno no se arrepiente...

—Sí, hijo mío, sí, si uno se arrepiente, pero vuelve a pecar y vuelve a arrepentirse y sabe cuando se arrepiente que volverá a pecar, y acaba por pecar y arrepentirse a la vez; ¿no es así?

—El hombre es un misterio —dijo León Gómez.

—¡Hombre, no digas sandeces! —le replicó Federico.

—Sandez, ¿por qué?

—Toda sentencia filosófica, así, todo axioma, toda proposición general y solemne, enunciada aforísticamente, es una sandez.

—¿Y la filosofía, entonces?

—No hay más filosofía que ésta, la que hacemos aquí...

—Sí, desollar al prójimo.

—Exacto. Nunca está mejor que desollado. [60]

Al levantarse la tertulia, Federico se acercó a Joaquín a preguntarle si se iba a su casa, pues gustaría de acompañarle un rato, y al decirle éste que no, que iba a hacer una visita allí, al lado, aquél le dijo:

—Sí, te comprendo; eso de la visita es un achaque. Lo que tú quieres es verte solo. Lo comprendo.

—¿Y por qué lo comprendes?

—Nunca se está mejor que solo. Pero cuando te pese la

---

[60] Esta filosofía cainita y fratricida del medio provinciano es el ambiente social y espiritual donde cobra todo su sentido la pasión de Joaquín Monegro; filosofía que será explícitamente formulada por éste cuando al morir la resuma en el precepto que todos aplican en su vida: "Odia a tu prójimo como a ti mismo." Este prójimo, cuya mejor situación es la de "estar desollado", nos recuerda la frase de los pioneros ingleses con respecto a los indígenas que encontraron en la primera fase de la colonización americana: "the best indian is the dead one".

soledad, acude a mí. Nadie te distraerá mejor de tus penas.

—¿Y las tuyas? —le espetó Joaquín.

—¡Bah! ¡Quién piensa en eso…!

Y se separaron.

XXIII

Andaba por la ciudad un pobre hombre necesitado, aragonés, padre de cinco hijos y que se ganaba la vida como podía, de escribiente y a lo que saliera. El pobre acudía con frecuencia a conocidos y amigos, si es que un hombre así los tiene, pidiéndoles con mil pretextos que le anticiparan dos o tres duros. Y lo que era más triste, mandaba a alguno de sus hijos, y alguna vez a su mujer, a las casas de los conocidos con cartitas de petición. Joaquín le había socorrido algunas veces, sobre todo cuando le llamaba a que viese, como médico, a personas de su familia. Y hallaba un singular alivio en socorrer a aquel pobre hombre. Adivinaba en él una víctima de la maldad humana. [61]

Preguntóle una vez por él a Abel.

—Sí, le conozco —le dijo éste—, y hasta le tuve algún tiempo empleado. Pero es un haragán, un vago. Con el pretexto de que tiene que ahogar sus penas, no deja de ir ningún día al café, aunque en su casa no se encienda la cocina. Y no le faltará su cajetilla de cigarros. Tiene que convertir sus pesares en humo.

—Eso no es decir nada, Abel. Habría que ver el caso por dentro…

—Mira, déjate de garambainas. Y por lo que no paso es por la mentira esa de pedirme prestado y lo de "se lo devolveré en cuanto pueda…" Que pida limosna y al avío.

[61] La anécdota que Unamuno nos narra en este capítulo está probablemente tomada de un suceso ocurrido o conocido en su medio salmantino, que viene a reforzar la descripción del medio donde toman vida los protagonistas de la novela.

Es más claro y más noble. La última vez me pidió tres duros adelantados y le di tres pesetas, pero diciéndole: "Y sin devolución!" ¡Es un haragán!

—Y ¡qué culpa tiene él...!

—Vamos, sí, ya salió aquello, qué culpa tiene...

—Pues ¡claro! ¿De quién son las culpas?

—Bueno, mira, dejémonos de esas cosas. Y si quieres socorrerle, socórrele, que yo no me opongo. Y yo mismo estoy seguro de que si me vuelve a pedir, le daré.

—Eso ya lo sabía yo, porque en el fondo tú...

—No nos metamos al fondo. Soy pintor y no pinto los fondos de las personas. Es más, estoy convencido de que todo hombre lleva fuera todo lo que tiene dentro.

—Vamos, sí, que para ti un hombre no es más que un modelo...

—¿Te parece poco? ¡Y para ti un enfermo! Porque tú eres el que les andas mirando y auscultando a los hombres por dentro...

—Mediano oficio...

—¿Por qué?

—Porque acostumbrado uno a mirar a los demás por dentro, da en ponerse a mirarse a sí mismo, a auscultarse.

—Ve ahí una ventaja.[62] Yo con mirarme al espejo tengo bastante.

—¿Y te has mirado de veras alguna vez?

—¡Naturalmente! ¿Pues no sabes que me he hecho un autorretrato?

—Que será una obra maestra...

—Hombre, no está del todo mal... ¿Y tú, te has registrado por dentro bien?

———————

Al día siguiente de esta conversación Joaquín salió del Casino con Federico para preguntarle si conocía a aquel pobre hombre que andaba así pidiendo de manera vergon-

———

[62] Primera edición: *"mi* ventaja".

zante. "Y dime la verdad, eh, que estamos solos; nada de
tus ferocidades."

—Pues mira, ése es un pobre diablo que debía estar en
la cárcel, donde por lo menos comería mejor que come
y viviría más tranquilo.

—Pues ¿qué ha hecho?

—No, no ha hecho nada; debió hacer, y por eso digo
que debería estar en la cárcel.

—¿Y qué es lo que debió haber hecho?

—Matar a su hermano.

—¡Ya empiezas!

—Te lo explicaré. Ese pobre hombre es, como sabes,
aragonés y allá en su tierra aún subsiste la absoluta libertad de testar. Tuvo la desgracia de nacer el primero a su
padre, de ser el mayorazgo y luego tuvo la desgracia de
enamorarse de una muchacha pobre, guapa y honrada, según parecía. El padre se opuso con todas sus fuerzas a
esas relaciones amenazándole con desheredarle si llegaba
a casarse con ella. Y él, ciego de amor, comprometió primero gravemente a la muchacha, pensando convencer así
al padre, y acaso por casarse con ella y por salir de casa.
Y siguió en el pueblo, trabajando como podía en casa de
sus suegros, y esperando convencer y ablandar a su padre.
Y éste, buen aragonés, tesa que tesa. Y murió desheredán-
dole al pobre diablo y dejando su hacienda al hijo segundo; una hacienda regular. Y muertos poco después los suegros del hoy aquí sablista, acudió éste a su hermano pi-
diéndole amparo y trabajo, y su hermano se los negó, y
por no matarle, que es lo que le pedía el coraje, se ha
venido acá a vivir de limosna y del sable. Ésta es la historia, como ves, muy edificante.

—¡Y tan edificante!

—Si le hubiera matado a su hermano, a esa especie de
Jacob, mal, muy mal, y no habiéndole matado mal, muy
mal también...

—Acaso peor.

—No digas eso, Federico.

—Sí, porque no sólo vive miserable y vergonzosamente,
del sable, sino que vive odiando a su hermano.

—¿Y si le hubiera matado?

—Entonces se le habría curado el odio, y hoy, arrepentido de su crimen, querría su memoria. La acción libra del mal sentimiento, y es el mal sentimiento el que envenena el alma. Créemelo, Joaquín, que lo sé muy bien. [63]

Miróle Joaquín a la mirada fijamente y le espetó un:

—¿Y tú?

—¿Yo? No quieras saber, hijo mío, lo que no te importa. Bástete saber que todo mi cinismo es defensivo. Yo no soy hijo del que todos vosotros tenéis por mi padre; yo soy hijo adulterino y a nadie odio en este mundo más que a mi propio padre, al natural, que ha sido el verdugo del otro, del que por vileza y cobardía me dio su nombre, este indecente nombre que llevo.

—Pero padre no es el que engendra; es el que cría...

—Es que ése, el que creéis que me ha criado, no me ha criado sino que me destetó con el veneno del odio que

---

[63] La teoría de que la acción tiene un carácter catártico desde el punto de vista espiritual y sólo ella es capaz de librarnos de los malos pensamientos e intenciones, fue una teoría muy querida por Unamuno. Por primera vez fue expuesta en su ensayo "Sobre la soberbia", donde dice: "El acto de más grande humildad, de verdadera humildad, es obrar... Obrar es ser humilde, y abstenerse de obrar suele, con harta frecuencia, ser soberbio. Observad que las pinturas más sombrías de los males de la soberbia proceden de los abstinentes, de los que se abstienen de obrar, de los más puramente contemplativos. Es que la sienten en vivo. Las más acabadas pinturas de los estragos de la soberbia vienen de los profesionales de la humildad, de los que toman la humildad por oficio, presos de la soberbia contemplativa, como las más vivas pinturas de la lujuria vienen de los que han hecho voto de castidad. Mala cosa es siempre violentar a la Naturaleza, en vez de dejarla a que se purifique en la acción... El satánico yo es dañino mientras lo tenemos encerrado, contemplándose a sí mismo y recreándose en esa contemplación; mas así que lo echamos afuera y lo esparcimos en la acción, hasta su soberbia puede producir frutos de bendición." (*Obras Completas*, Madrid, 1966, vol. I, pp. 1211-1212.) Posteriormente desarrolla esta teoría en una "moral del combate espiritual" que adquiere su formulación más explícita en "El sepulcro de don Quijote", prólogo a la segunda edición de *Vida de don Quijote y Sancho*.

guarda al otro, al que me hizo y le obligó a casarse con
mi madre. [64]

XXIV

Concluyó la carrera el hijo de Abel, Abelín, y acudió
su padre, a su amigo, por si quería tomarle de ayudante
para que a su lado practicase. Lo aceptó Joaquín.

"Le admití —escribía más tarde en su *Confesión,* dedicada a su hija— por una extraña mezcla de curiosidad,
de aborrecimiento a su padre, de afecto al muchacho, que
me parecía entonces una medianía y por un deseo de libertarme así de mi mala pasión a la vez que, por más
debajo de mi alma, mi demonio me decía que con el fra-
caso del hijo me vengaría del encumbramiento del padre.
Quería por un lado, con el cariño al hijo, redimirme del
odio al padre, y por otro lado me regodeaba esperando
que si Abel Sánchez triunfó en la pintura, otro Abel Sánchez de su sangre marraría en la Medicina. Nunca pude
figurarme entonces cuán hondo cariño cobraría luego al
hijo del que me amargaba y entenebrecía la vida del corazón."

Y así fue que Joaquín y el hijo de Abel sintiéronse atraí-
dos el uno al otro. Era Abelín rápido de comprensión y
se interesaba por las enseñanzas de Joaquín, a quien empezó llamando maestro. Este su maestro se propuso hacer
de él un buen médico y confiarle el tesoro de su experiencia clínica. "Le guiaré —se decía— a descubrir las cosas
que esta maldita inquietud de mi ánimo me ha impedido
descubrir a mí."

—Maestro —le preguntó un día Abelín—, ¿por qué
no recoge usted todas esas observaciones dispersas, todas

---

[64] En esta anécdota de quien odia, no ya a su hermano, sino a
su padre, se produce el "clímax" de esta descripción de un medio
social que Unamuno califica como "tierra de odios".

esas notas y apuntes que me ha enseñado y escribe un libro? Sería interesantísimo y de mucha enseñanza. Hay
cosas hasta geniales, de una extraordinaria sagacidad científica.

—Pues mira, hijo —(que así solía llamarle) le respondió— yo no puedo, no puedo... No tengo humor para
ello, me faltan ganas, coraje, serenidad, no sé qué...

—Todo sería ponerse a ello...

—Sí, hijo, sí, todo sería ponerse a ello, pero cuantas
veces lo he pensado no he llegado a decidirme. ¡Ponerme
a escribir un libro... y en España... y sobre Medicina...!
No vale la pena. Caería en el vacío...

—No, el de usted, no, maestro, se lo respondo.

—Lo que yo debía haber hecho es lo que tú has de hacer, dejar esta insoportable clientela y dedicarte a la investigación pura, a la verdadera ciencia, a la fisiología, a la
histología, a la patología y no a los enfermos de pago. Tú
que tienes alguna fortuna, pues los cuadros de tu padre
han debido dársela, dedícate a eso.

—Acaso tenga usted razón, maestro; pero ello no quita
para que usted deba publicar sus memorias de clínico.

—Mira, si quieres, hagamos una cosa. Yo te doy mis notas todas, te las amplío de palabra, te digo cuanto me preguntes y publica tú el libro. ¿Te parece?

—De perlas, maestro. Ya vengo apuntando desde que
le ayudo todo lo que le oigo y todo lo que a su lado
aprendo.

—¡Muy bien, hijo, muy bien! —y le abrazó conmovido.

Y luego se decía Joaquín: "¡Éste, éste será mi obra!
Mío y no de su padre. Acabará venerándome y compren-
diendo que yo valgo mucho más que su padre y que hay
en mi práctica de la Medicina mucha más arte que en la
pintura de su padre. ¡Y al cabo se lo quitaré, sí, se lo
quitaré! Él me quitó a Helena, yo les quitaré el hijo. Que
será mío, y ¿quién sabe?... acaso concluya renegando de
su padre, cuando le conozca y sepa lo que me hizo". [65]

[65] La realización vicaria —en este caso, patológica— del padre en el hijo o del maestro en el discípulo es una forma relati-

XXV

—Pero dime —le preguntó un día Joaquín a su discípulo—, ¿cómo se te ocurrió estudiar Medicina?

—No lo sé...

—Porque lo natural es que hubieses sentido inclinación a la pintura. Los muchachos se sienten llamados a la profesión de sus padres; es el espíritu de imitación... el ambiente...

—Nunca me ha interesado la pintura, maestro.

—Lo sé, lo sé por tu padre, hijo.

—Y la de mi padre menos.

—Hombre, hombre, y ¿cómo así?

—No la siento y no sé si la siente él...

—Eso es más grande. A ver, explícate.

—Estamos solos; nadie nos oye; usted, maestro, es como si fuese mi segundo padre... segundo... Bueno. Además usted es el más antiguo amigo suyo, le he oído decir que de siempre, de toda la vida, de antes de tener uso de razón, que son como hermanos...

—Sí, sí, así es; Abel y yo somos como hermanos... Sigue.

—Pues bien, quiero abrirle hoy mi corazón, maestro.

—Ábremelo. ¡Lo que me digas caerá en él como en el vacío, nadie lo sabrá!

—Pues sí, dudo que mi padre sienta la pintura ni nada. Pinta como una máquina, es un don natural, pero ¿sentir?

—Siempre he creído eso.

—Pues fue usted, maestro, quien, según dicen, hizo la mayor fama de mi padre con aquel famoso discurso de que aún se habla...

vamente frecuente de superar la propia impotencia, buscando así la realización a través de otra persona a quien consideramos prolongación de nuestro ser.

—¿Y qué iba yo a decir?

—Algo así me pasa. Pero mi padre no siente ni la pintura ni nada. Es de corcho, maestro, de corcho.

—No tanto, hijo.

—Sí, de corcho. No vive más que para su gloria. Todo eso de que la desprecia es farsa, farsa, farsa. No busca más que el aplauso. Y es un egoísta, un perfecto egoísta, No quiere a nadie.

—Hombre, a nadie...

—¡A nadie, maestro, a nadie! Ni sé cómo se casó con mi madre. Dudo que fuera por amor.

Joaquín palideció.

—Sé —prosiguió el hijo— que ha tenido enredos y líos con algunas modelos, pero eso no es más que capricho y algo de jactancia. No quiere a nadie.

—Pero me parece que no eres tú quien debieras...

—A mí nunca me ha hecho caso. A mí me ha mantenido, ha pagado mi educación y mis estudios, no me ha escatimado ni me escatima su dinero, pero yo apenas si existo para él. Cuando alguna vez le he preguntado algo, de historia del arte, de técnica, de la pintura o de sus viajes o de otra cosa, me ha dicho: "Déjame, déjame en paz" y una vez llegó a decirme: "¡apréndelo, como lo he aprendido yo! ahí tienes los libros." ¡Qué diferencia con usted, maestro!

—Sería que no lo sabía, hijo. Porque mira, los padres quedan a las veces mal con sus hijos por no confesarse más ignorantes o más torpes que ellos.

—No era eso. Y hay algo peor.

—¿Peor? ¡A ver!

—Peor, sí. Jamás me ha reprendido, haya hecho yo lo que hiciera. No soy, no he sido nunca un calavera, un disoluto, pero todos los jóvenes tenemos nuestras caídas, nuestros tropiezos. Pues bien, jamás los ha inquirido y si por acaso los sabía nada me ha dicho.

—Eso es respeto a tu personalidad, confianza en ti... Es acaso la manera más generosa y noble de educar a un hijo, es fiarse...

—No, no es nada de eso, maestro. Es sencillamente indiferencia.

—No, no, no exageres, no es eso... ¿Qué te iba a decir que tú no te lo dijeras? Un padre no puede ser un juez...

—Pero sí un compañero, un consejero, un amigo o un maestro como usted.

—Pero hay cosas que el pudor impide se traten entre padres e hijos.

—Es natural que usted, su mayor y más antiguo amigo, su casi hermano, le defienda aunque...

—Aunque ¿qué?

—¿Puedo decirlo todo?

—¡Sí, dilo todo!

—Pues bien, de usted no le he oído nunca hablar sino muy bien, demasiado bien, pero...

—Pero ¿qué?

—Que habla demasiado bien de usted.

—¿Qué es eso de demasiado?

—Que antes de conocerle yo a usted, maestro, le creía otro.

—Explícate.

—Para mi padre es usted una especie de personaje trágico, de ánimo torturado, de hondas pasiones. "¡Si se pudiera pintar el alma de Joaquín!" suele decir. Habla de un modo como si mediase entre usted y él algún secreto...

—Aprensiones tuyas...

—No, no lo son.

—¿Y tu madre?

—Mi madre...

XXVI

—Mira, Joaquín —le dijo un día Antonia a su marido—, me parece que el mejor día nuestra hija se nos va o nos la llevan...

—¿Joaquina? ¿Y a dónde?

—¡Al convento!

—¡Imposible!

—No, sino muy posible. Tú distraído con tus cosas y ahora con ese hijo de Abel al que pareces haber prohijado... cualquiera diría que le quieres más que a tu hija...

—Es que trato de salvarle, de redimirle de los suyos...

—No; de lo que tratas es de vengarte. ¡Qué vengativo eres! ¡No olvidas ni perdonas! Temo que Dios te va a castigar, va a castigarnos...

—¿Ah, y es por eso por lo que Joaquina se quiere ir al convento?

—Yo no he dicho eso.

—Pero lo digo yo y es lo mismo. ¿Se va acaso por celos de Abelín? ¿Es que teme que le llegue a querer más que a ella? Pues si es por eso...

—Por eso no.

—¿Entonces?

—¡Qué sé yo...! Dice que tiene vocación, que es adonde Dios la llama...

—Dios... Dios... será su confesor. ¿Quién es?

—El padre Echevarría.

—¿El que me confesaba a mí?

—¡El mismo!

Quedóse Joaquín mustio y cabizbajo, y al día siguiente, llamando a solas a su mujer, le dijo:

—Creo haber penetrado en los motivos que empujan a Joaquín al claustro, o mejor, en los motivos por que le induce el padre Echevarría a que entre en él. ¿Tú recuerdas cómo busqué refugio y socorro en la iglesia contra esta maldita obsesión que me embarga el ánimo todo, contra este despecho que con los años se hace más viejo, es decir, más duro y más terco, y cómo, después de los mayores esfuerzos, no pude lograrlo? No, no me dio remedio el padre Echevarría, no pudo dármelo. Para este mal no hay más que un remedio, uno sólo.

Callóse un momento como esperando una pregunta de su mujer y como ella callara, prosiguió diciéndole:

—Para ese mal no hay más remedio que la muerte. Quién sabe... Acaso nací con él y con él moriré. Pues bien, ese padrecito que no pudo remediarme ni reducirme empuja ahora, sin duda, a mi hija, a tu hija, a nuestra hija, al convento, para que en él ruegue por mí, para que se sacrifique salvándome...

—Pero si no es sacrificio... si dice que es su vocación...

—Mentira, Antonia; te digo que eso es mentira. Las más de las que van monjas o van a trabajar poco, a pasar una vida pobre, pero descansada, a sestear místicamente o van huyendo de casa, y nuestra hija huye de casa, huye de nosotros...

—Será de ti...

—¡Sí, huye de mí! ¡Me ha adivinado!

—Y ahora que le has cobrado ese apego a ese...

—¿Quieres decirme que huye de él?

—No sino de tu nuevo capricho...

—¿Capricho?, ¿capricho?, ¿capricho dices? Yo seré todo menos caprichoso, Antonia. Yo tomo todo en serio, todo, ¿lo entiendes?

—Sí, demasiado en serio —agregó la mujer llorando.

—Vamos, no llores así, Antonia, mi santa, mi ángel bueno, y perdóname si he dicho algo...

—No es peor lo que dices, sino lo que callas.

—¡Pero, por Dios, Antonia, por Dios, haz que nuestra hija no nos deje; que si se va al convento, me mata, sí, me mata, porque me mata! Que se quede... que yo haré lo que ella quiera... que si quiere que le despache a Abelín, le despacharé...

—Me acuerdo cuando decías que te alegrabas de que no tuviéramos más que una hija, porque así no teníamos que repartir el cariño...

—¡Pero si no lo reparto!

—Algo peor entonces...

—Sí, Antonia, esa hija quiere sacrificarse por mí, y no sabe que si se va al convento me deja desesperado. ¡Su convento es esta casa!

XXVII

Dos días después encerrábase en el gabinete Joaquín con su mujer y su hija.

—Papá, ¡Dios lo quiere! —exclamó resueltamente y mirándole cara a cara su hija Joaquina.

—¡Pues, no! No es Dios quien lo quiere, sino el padrecito ese —replicó él—. ¿Qué sabes tú, mocosuela, lo que quiere Dios? ¿Cuándo te has comunicado con él?

—Comulgo cada semana, papá.

—Y se te antojan revelaciones de Dios los desvanecimientos que te suben del estómago en ayunas.

—Peores son los del corazón en ayunas.

—¡No, no, eso no puede ser; eso no lo quiere Dios, no puede quererlo, te digo que no lo puede querer!

—Yo no sé lo que Dios quiere, y tú, padre, sabes lo que no puede querer, ¿eh? De cosas del cuerpo sabrás mucho, pero de cosas de Dios, del alma...

—¿Del alma, eh? ¿Con que tú crees que no sé del alma?

—Acaso lo que mejor te sería no saber.

—¿Me acusas?

—No, eres tú, papá, quien se acusa a sí mismo.

—¿Lo ves, Antonia, lo ves, no te lo decía?

—¿Y qué te decía, mamá?

—Nada, hija mía, nada; aprensiones, cavilaciones de tu padre...

—Pues bueno —exclamó Joaquín como quien se decide—, tú vas al convento para salvarme, ¿no es eso?

—Acaso no andes lejos de la verdad.

—Y ¿salvarme de qué?

—No lo sé bien.

—¡Lo sabré yo...! ¿De qué?, ¿de quién?

—¿De quién, padre, de quién? Pues del demonio o de ti mismo.

—Y tú ¿qué sabes?

Miguel de Unamuno, al fondo Salamanca, por José
Aguiar, 1922.

Miguel de Unamuno, en caricatura de Bagaría.

—Por Dios, Joaquín, por Dios —suplicó la madre con
lágrimas en la voz, llena de miedo ante la mirada y el
tono de su marido.

—Déjanos, mujer, déjanos, déjanos a ella y a mí. ¡Esto
no te toca!

—¿Pues no ha de tocarme? Pero si es mi hija...

—¡La mía! Déjanos, ella es una Monegro, yo soy un
Monegro; déjanos. Tú no entiendes, tú no puedes entender estas cosas...

—Padre, si trata así a madre delante mío, me voy. No
llores, mamá.

—Pero, ¿tú crees, hija mía...?

—Lo que yo creo y sé es que soy tan hija suya como
tuya.

—¿Tanto?

—Acaso más.

—No digáis esas cosas, por Dios —exclamó la madre
llorando— si no me voy...

—Sería lo mejor —añadió la hija—. A solas nos veía-
mos mejor las caras, digo, las almas, nosotros, los Mone-
gros.

La madre besó a la hija y se salió.

—Y bueno —dijo fríamente el padre, así que se vio
a solas con su hija—, ¿para salvarme de qué o de quién
te vas al convento?

—Pues bien, padre, no sé de quién, no sé de qué, pero
hay que salvarte. Yo no sé lo que anda por dentro de
esta casa, entre tú y mi madre, no sé lo que anda dentro
de ti, pero es algo malo...

—¿Eso te lo ha dicho el padrecito ese?

—No, no me lo ha dicho el padrecito; no ha tenido que
decírmelo; no me lo ha dicho nadie, sino que lo he
respirado desde que nací. ¡Aquí, en esta casa, se vive
como en tinieblas espirituales!

—Bah, esas son cosas que has leído en tus libros...

—Como tú has leído otras en los tuyos. ¿O es que crees
que sólo los libros que hablan de lo que hay dentro del
cuerpo, esos libros tuyos con esas láminas feas, son los
que enseñan la verdad?

—Y bien, esas tinieblas espirituales que dices, ¿qué son?

—Tú lo sabrás mejor que yo, papá; pero no me niegues que aquí pasa algo, que aquí hay, como si fuese una niebla oscura, una tristeza que se mete por todas partes, que tú no estás contento nunca, que sufres, que es como si llevases a cuestas una culpa grande...

—Sí, el pecado original —dijo Joaquín con sorna.

—¡Ese, ese! —exclamó la hija—. ¡Ese, del que no te has sanado! [66]

—¡Pues me bautizaron...!

—No importa.

—Y como remedio para esto vas a meterte monja, ¿no es eso? Pues lo primero era averiguar qué es ello, a qué se debe todo esto...

—Dios me libre, papá, de tal cosa. Nada de querer juzgaros.

—Pero de condenarme, sí, ¿no es eso?

—¿Condenarte?

—Sí, condenarme; eso de irte así es condenarme...

—Y ¿si me fuese con un marido? ¿Si te dejara por un hombre...?

—Según el hombre.

Hubo un breve silencio.

—Pues sí, hija mía —reanudó Joaquín—, yo no estoy bien, yo sufro, sufro casi toda mi vida; hay mucho de verdad en lo que has adivinado; pero con tu resolución de meterte monja me acabas de matar, exacerbas y enconas mis males. Ten compasión de tu padre, de tu pobre padre...

—Es por compasión...

—No, es por egoísmo. Tú huyes; me ves sufrir y huyes. Es el egoísmo, es el despego, es el desamor lo que te lleva al claustro. Figúrate que yo tuviese una enfermedad pegajosa y larga, una lepra, ¿me dejarías yendo al convento

---

[66] Una vez más, la idea reiterativa de que la envidia es el pecado original, del que Joaquín no se ha redimido.

a rogar por Dios que me sanara? ¿Vamos, contesta, me dejarías?

—No, no te dejaría, pues soy tu única hija.

—Pues haz cuenta que soy un leproso. Quédate a cuidarme. Me pondré bajo tu cuidado, haré lo que me mandes.

—Si es así...

Levantóse el padre, y mirando a su hija a través de lágrimas, abrazóla, y teniéndola así, en sus brazos, con voz de susurro, le dijo al oído:

—¿Quieres curarme, hija mía?

—Sí, papá.

—Pues bien, cásate con Abelín.

—¿Eh? —exclamó Joaquina, separándose de su padre y mirándole cara a cara.

—¿Qué? ¿Qué te sorprende? —balbució el padre, sorprendido a su vez.

—¿Casarme? ¿Yo? ¿Con Abelín? ¿Con el hijo de tu enemigo?

—¿Quién te ha dicho eso?

—Tu silencio de años.

—Pues por eso, por ser el hijo del que llamas mi enemigo.

—Yo no sé lo que hay entre vosotros, no quiero saberlo, pero al verte últimamente cómo te aficionabas a su hijo, me dio miedo... temí... no sé lo que temí. Ese tu cariño a Abelín me parecía monstruoso, algo infernal...

—¡Pues no, hija, no! Buscaba en él redención. Y créeme, si logras traerle a mi casa, si le haces mi hijo, será como si sale al fin el sol en mi alma... [67]

—¿Pero pretendes tú, tú, mi padre, que yo le solicite, le busque?

—No digo eso.

—Pues ¿entonces?

---

[67] Aquí toma cuerpo en su realización efectiva, la idea esbozada en el capítulo XII, que Unamuno había recogido del *Caín* byroniano; véase la nota 42.

—Y si él...

—¿Ah, pero lo teníais ya tramado entre los dos y sin contar conmigo?

—No, lo tenía pensado yo, yo, tu padre, tu pobre padre, yo...

—Me das pena, padre.

—También yo me doy pena. Y ahora todo corre de mi cuenta. ¿No pensabas sacrificarte por mí?

—Pues bien, sí, me sacrificaré por ti. ¡Dispón de mí!

Fue el padre a besarla, y ella, desasiéndosele, exclamó:

—¡No, ahora no! Cuando lo merezcas. ¿O es que quieres que también yo te haga callar con besos?

—¿Dónde has aprendido eso, hija?

—Las paredes oyen, papá.

—¡Y acusan!

XXVIII

—Quién fuera usted, don Joaquín —decíale un día a éste aquel pobre desheredado aragonés, el padre de los cinco hijos, luego que le hubo sacado algún dinero.

—¡Querer ser yo! ¡No lo comprendo!

—Pues sí, lo daría todo por poder ser usted, don Joaquín.

—¿Y qué es eso todo que daría usted?

—Todo lo que puedo dar, todo lo que tengo.

—¿Y qué es ello?

—¡La vida!

—¡La vida por ser yo! —y a sí mismo se añadió Joaquín: "¡Pues yo la daría por poder ser otro!"

—Sí, la vida por ser usted.

—He ahí una cosa que no comprendo bien, amigo mío; no comprendo que nadie se disponga a dar la vida por poder ser otro, ni siquiera comprendo que nadie quiera ser otro. Ser otro es dejar de ser uno, de serse el que se es.

—Sin duda.

—Y eso es dejar de existir.

—Sin duda.

—Pero no para ser otro...

—Sin duda.

—Entonces...

—Quiero decir, don Joaquín, que de buena gana dejaría de ser, o dicho más claro, me pegaría un tiro o me echaría al río si supiera que los míos, los que me atan a esta vida perra, los que no me dejan suicidarme, habrían de encontrar un padre en usted. ¿No comprende usted ahora?

—Sí que lo comprendo. De modo que...

—Que maldito el apego que tengo a la vida y que de buena gana me separaría de mí mismo y mataría para siempre mis recuerdos si no fuese por los míos. Aunque también me retiene otra cosa.

—¿Qué?

—El temor de que mis recuerdos, de que mi historia me acompañen más allá de la muerte. ¡Quién fuera usted, don Joaquín!

—¿Y si a mí me retuvieran en la vida, amigo mío, motivos como los de usted?

—Bah, usted es rico.

—Rico... rico...

—Y un rico nunca tiene motivo de queja. A usted no le falta nada. Mujer, hija, una buena clientela, reputación... ¿qué más quiere usted? A usted no le desheredó su padre; a usted no le echó de su casa su hermano a pedir... ¡A usted no le han obligado a hacerse un mendigo! ¡Quién fuera usted, D. Joaquín!

Y al quedarse luego éste solo se decía: "¡Quién fuera yo! ¡Ese hombre me envidia!, ¡me envidia! ¿Y yo quién quiero ser?" [68]

---

[68] Una vez más, el tema de la envidia relacionado, muy unamunianamente, con el misterio de la personalidad.

XXIX

Pocos días después Abelín y Joaquina estaban en relaciones de noviazgo. Y en su *Confesión,* dedicada a su hija, escribía algo después Joaquín:

"No es posible, hija mía, que te explique cómo llevé a Abel, tu marido de hoy, a que te solicitase por novia pidiéndote relaciones. Tuve que darle a entender que tú estabas enamorada de él o que por lo menos te gustaría que de ti se enamorase sin descubrir lo más mínimo de aquella nuestra conversación a solas, luego que tu madre me hizo saber como querías entrar por mi causa en un convento. Veía en ello mi salvación. Sólo uniendo tu suerte a la suerte del hijo único de quien me ha envenenado la fuente de la vida, sólo mezclando así nuestras sangres esperaba poder salvarme.

"Pensaba que acaso un día tus hijos, mis nietos, los hijos de su hijo, sus nietos, al heredar nuestras sangres, se encontraran con la guerra dentro, con el odio en sí mismos. ¿Pero no es acaso el odio a sí mismo, a la propia sangre, el único remedio contra el odio a los demás? La escritura dice que en el seno de Rebeca se peleaban ya Esaú y Jacob. ¡Quién sabe si un día no concebirás tú dos mellizos, el uno con mi sangre y el otro con la suya, y se pelearán y se odiarán ya desde tu seno y antes de salir al aire y a la conciencia! Porque ésta es la tragedia humana y todo hombre es, como Job, hijo de contradicción. [69]

"Y he temblado al pensar que acaso os junté, no para unir, sino para separar aún más vuestras sangres, para perpetuar un odio. ¡Perdóname! Deliro.

---

[69] Se anticipa aquí el tema de su drama *El Otro* (1932) del que nos hemos ocupado en la Introducción; en todo el párrafo trasciende el fondo de la filosofía unamuniana, donde la contradicción es el eje fundamental.

"Pero no son sólo nuestras sangres, la de él y la mía; es también la de ella, la de Helena. ¡La sangre de Helena! ¡Esto es lo que más me turba; esa sangre que le florece en las mejillas, en la frente, en los labios, que le hace marco a la mirada, esa sangre que me cegó desde su carne!"

"Y queda otra, la sangre de Antonia, de la pobre Antonia, de tu santa madre. Esta sangre es agua de bautismo. Esta sangre es la redentora. Sólo la sangre de tu madre, Joaquina, puede salvar a tus hijos, a nuestros nietos. Esa es la sangre sin mancha que puede redimirlos." [70]

"Y que no vea nunca ella, Antonia, esta *Confesión*; que no la vea. Que se vaya de este mundo, si me sobrevive, sin haber más que vislumbrado nuestro misterio de iniquidad."

Los novios comprendiéronse muy pronto y se cobraron cariño. En íntimas conversaciones conociéronse sendas víctimas de sus hogares, de dos ámbitos tristes, de frívola impasibilidad el uno, de helada pasión oculta el otro. Buscaron su apoyo en Antonia, en la madre de ella. Tenían que encender un hogar, un verdadero hogar, un nido de amor sereno que vive de sí mismo, que no espía los otros amores, un castillo de soledad amorosa, y unir en él a las dos desgraciadas familias. Le harían ver a Abel, al pintor, que la vida íntima del hogar es la sustancia imperecedera de que no es sino resplandor, cuando no sombra, el arte; a Helena, que la juventud perpetua está en el alma que sabe hundirse en la corriente viva del linaje, en el alma de la familia; a Joaquín, que nuestro nombre se pierde con nuestra sangre, pero para recobrarse en los nombres y en las sangres de los que las mezclan a los nuestros; a Antonia no le tenían que hacerle ver nada, porque era una mujer nacida para vivir y revivir en la dulzura de la costumbre. [71]

---

[70] En esta mezcla de sangres, la verdadera fuente de salvación sólo puede ser la mujer que es por excelencia madre, una idea muy querida por Unamuno: la de la exaltación religiosa de la maternidad, que ocupa un lugar central en toda su producción.
[71] La figura de Antonia muy bien pudiera ser un reflejo literario

Joaquín sentía renacerse. Hablaba con emoción de cariño de su antiguo amigo, de Abel, y llegó a confesar que fue una fortuna que le quitase toda esperanza respecto a Helena.

—Pues bien —le decía una vez a solas a su hija—; ahora que todo parece tomar otro cauce, te lo diré. Yo quería a Helena, o por lo menos creía quererla y la solicité sin conseguir nada de ella. Porque, eso sí, la verdad, jamás me dio la menor esperanza. Y entonces le presenté a Abel, al que será tu suegro... tu otro padre, y al punto se entendieron. Lo que tomé yo por un menosprecio, una ofensa... ¿Qué derecho tenía yo a ella?

—Es verdad eso, pero así sois los hombres.

—Tienes razón, hija mía, tienes razón. He vivido como loco, rumiando esa que estimaba una ofensa, una traición...

—¿Nada más, papá?

—¿Cómo nada más?

—¿No había más que eso, nada más?

—¡Que yo sepa... no!

Y al decirlo, el pobre hombre se cerraba los ojos hacia adentro y no lograba contener al corazón.

—Ahora os casaréis —continuó— y viviréis conmigo, sí, viviréis conmigo, y haré de tu marido, de mi nuevo hijo, un gran médico, un artista de la Medicina, todo un artista, que pueda igualar siquiera la gloria de su padre.

—Y él escribirá, papá, tu obra, pues así me lo ha dicho.

—Sí, la que yo no he podido escribir...

—Me ha dicho que en tu carrera, en la práctica de la Medicina, tienes cosas geniales y que has hecho descubrimientos...

—¡Aduladores!

—No, así me ha dicho. Y que como no se te conoce, y

de Concepción Lizárraga, la esposa de Unamuno, de la misma manera que Joaquín lo es del propio don Miguel; en el párrafo anterior podemos ver una muestra de ello, si recordamos que Unamuno se refería con frecuencia a su esposa con esta frase: "Concha, mi costumbre."

al no conocerte no se te estima en todo lo que vales, que
quiere escribir ese libro para darte a conocer. [72]

—A buena hora...

—Nunca es tarde si la dicha es buena.

—¡Ay, hija mía, si en vez de haberme somormujado en
esto de la clientela, en esta maldita práctica de la profesión que ni deja respirar libre ni aprender... si en vez de
eso me hubiese dedicado a la ciencia pura, a la investigación...! Eso que ha descubierto el doctor Álvarez y García y por lo que tanto le bombean, lo habría descubierto
antes yo, yo, tu padre, yo lo habría descubierto, pues
estuve a punto de ello. Pero esto de ponerse a trabajar
para ganarse la vida...

—Sin embargo, no necesitábamos de ello.

—Sí, pero... Y además, qué sé yo... Mas todo eso ha
pasado y ahora comienza vida nueva. Ahora voy a dejar
la clientela...

—¿De veras?

—Sí, voy a dejársela al que va a ser tu marido, bajo mi
alta inspección, por supuesto. ¡Lo guiaré, y yo a mis cosas! Y viviremos todos juntos, y será otra vida... otra
vida... Empezaré a vivir; seré otro... otro... otro...

—Ay, papá, ¡qué gusto! Cómo me alegra oírte hablar
así. ¡Al cabo!

—¿Que te alegra oírme decir que seré otro?

La hija le miró a los ojos al oír el tono de lo que había
debajo de su voz.

—¿Te alegra oírme decir que seré otro? —volvió a
preguntar el padre.

—¡Sí, papá, me alegra!

—¿Es decir que el otro, que el otro, el que soy, te
parece mal?

---

[72] He aquí un motivo básico en la conducta unamuniana: la
necesidad de ser conocido para ser debidamente valorado; la
correspondencia epistolar de don Miguel llena numerosísimas páginas con este tema. Es quizá ahí donde encuentra su máxima
justificación ese anhelo de sobresalir que le poseyó toda la vida.

—¿Y a ti, papá? —le preguntó a su vez, resueltamente, la hija.

—¡Tápame la boca! —gimió él.

Y se la tapó con un beso.

XXX

—Ya te figurarás a lo que vengo —le dijo Abel a Joaquín apenas se encontraron a solas en el despacho de éste.

—Sí, lo sé. Tu hijo me ha anunciado tu visita.

—Mi hijo y pronto tuyo, de los dos. ¡Y no sabes bien cuánto me alegro! Es como debía acabar nuestra amistad. Y mi hijo es ya casi tuyo; te quiere ya como a padre, no sólo como a maestro. Estoy por decir que te quiere más que a mí...

—Hombre... no... no... no digas así.

—Y ¿qué? ¿Crees que tengo celos? No, no soy celoso. Y mira, Joaquín, si entre nosotros había algo...

—No sigas por ahí, Abel, te lo ruego, no sigas...

—Es preciso. Ahora que van a unirse nuestras sangres, ahora que mi hijo va a serlo tuyo y mía tu hija, tenemos que hablar de esa vieja cuenta, tenemos que ser absolutamente sinceros.

—¡No, no, de ningún modo, y si hablas de ella, me voy!

—¡Bien, sea! Pero no creas que olvido, no lo olvidaré nunca, tu discurso aquel cuando lo del cuadro.

—Tampoco quiero que hables de eso.

—Pues ¿de qué?

—¡Nada de lo pasado, nada! Hablemos sólo del porvenir...

—¿Pues si tú y yo, a nuestra edad, no hablamos del pasado, de qué vamos a hablar. ¡Si nosotros no tenemos ya más que pasado!

—¡No digas eso! —casi gritó Joaquín.

—¡Nosotros ya no podemos vivir más que de recuerdos!

—¡Cállate, Abel, cállate!

—Y si te he de decir la verdad, vale más vivir de recuerdos que de esperanzas. Al fin, ellos fueron y de éstas no se sabe si serán.

—¡No, no, recuerdos, no!

—En todo caso, hablemos de nuestros hijos, que son nuestras esperanzas.

—¡Eso sí!

—De ellos y no de nosotros, de ellos, de nuestros hijos...

—Él tendrá en ti un maestro y un padre...

—Sí, pienso dejarle mi clientela, es decir, la que quiera tomarlo, que ya la he preparado para eso. Le ayudaré en los casos graves.

—Gracias, gracias.

—Eso además de la dote que doy a Joaquina. Pero vivirán conmigo.

—Eso me ha dicho mi hijo. Yo, sin embargo, creo que deben poner casa; el casado, casa quiere.

—No, no puedo separarme de mi hija.

—¿Y nosotros de nuestro hijo, sí, eh?

—Más separados que estáis de él... Un hombre apenas vive en casa; una mujer apenas sale de ella.[73] Necesito a mi hija.

—Sea. Ya ves si soy complaciente.

—Y más que esta casa será la vuestra, la tuya, la de Helena...

—Gracias por la hospitalidad. Eso se entiende.

Después de una larga entrevista en que convinieron todo lo atañedero al establecimiento de sus hijos, al ir a separarse Abel, mirándole a Joaquín a los ojos, con mirada franca, le tendió la mano, y sacando la voz de las entrañas de su común infancia le dijo: "¡Joaquín!" Asomáronsele a éste las lágrimas a los ojos al coger aquella mano.

---

[73] Se trata, evidentemente, de una concepción tradicional del matrimonio, que hoy no sería compartida por amplios sectores.

—No te había visto llorar desde que fuimos niños, Joa
quín.

—No volveremos a serlo, Abel.

—Sí, y es lo peor.

Se separaron.

XXXI

Con el casamiento de su hija pareció entrar el sol, un
sol de ocaso de otoño, en el hogar antes frío de Joaquín
y éste empezar a vivir de veras. Fue dejándole al yerno
su clientela, aunque acudiendo, como en consulta, en los
casos graves y repitiendo que era bajo su dirección como
aquél ejercía.

Abelín, con las notas de su suegro, a quien llamaba su
padre, tuteándole ya, y con sus ampliaciones y explicacio
nes verbales, iba componiendo la obra en que se recogía
la ciencia médica del doctor Joaquín Monegro, y con un
acento de veneración admirativa que el mismo Joaquín
no habría podido darle. "Era mejor, sí —pensaba éste—
era mucho mejor que escribiese otro aquella obra, como
fue Platón quien expuso la doctrina socrática." No era
él mismo quien podía, con toda libertad de ánimo y sin
que ello pareciese no ya presuntuoso, mas un esfuerzo
para violentar el aplauso de la posteridad, que se estima
ba no conseguible; no era él quien podía exaltar su saber
y su pericia. Reservaba su actividad literaria para otros
empeños. [74]

Fue entonces, en efecto, cuando empezó a escribir su
Confesión, que así la llamaba, dedicada a su hija y para
que ésta la abriese luego que él hubiese muerto, y que era
el relato de su lucha íntima con la pasión que fue su

[74] La vocación literaria de Joaquín Monegro —inseparable
de su profesión médica— es uno de los puntos de convergencia
entre el protagonista de la novela y su autor.

vida, con aquel demonio con quien peleó casi desde el albor de su mente dueña de sí hasta entonces, hasta cuando lo escribía. Esta confesión se decía dirigida a su hija, pero tan penetrado estaba él del profundo valor trágico de su vida de pasión y de la pasión de su vida, que acariciaba la esperanza de que un día su hija o sus nietos la dieran al mundo, para que éste se sobrecogiera de admiración y de espanto ante aquel héroe de la angustia tenebrosa que pasó sin que le conocieran en todo su fondo los que con él convivieron. [75] Porque Joaquín se creía un espíritu de excepción, y como tal torturado y más capaz de dolor que los otros, un alma señalada al nacer por Dios con la señal de los grandes predestinados.

"Mi vida, hija mía —escribía en la *Confesión*—, ha sido un arder continuo, pero no la habría cambiado por la de otro. He odiado como nadie, como ningún otro ha sabido odiar, pero es que he sentido más que los otros la suprema injusticia de los cariños del mundo y de los favores de la fortuna. No, no, aquello que hicieron conmigo los padres de tu marido no fue humano ni noble; fue infame, pero fue peor, mucho peor, lo que me hicieron todos, todos los que encontré desde que, niño aún y lleno de confianza, busqué el apoyo y el amor de mis semejantes. ¿Por qué me rechazaban? ¿Por qué me acogían fríamente y como obligados a ello? ¿Por qué preferían al ligero, al inconstante, al egoísta? Todos, todos me amargaron la vida. Y comprendí que el mundo es naturalmente injusto y que yo no había nacido entre los míos. Ésta fue mi desgracia, no haber nacido entre los míos. La baja mezquindad, la vil ramplonería de los que me rodeaban, me perdió." [76]

Y a la vez que escribía esta *Confesión*, preparaba, por

[75] El impulso de hacer públicas páginas en principio reservadas a la intimidad, es una constante unamuniana a la que ya hemos hecho alusión en la nota 36 (cap. XII).

[76] El factor que juega la vulgaridad y ramplonería ambiente en el afán de sobresalir de Joaquín Monegro no debe ser minusvalorado, y es paralelo del que jugó en la vida del propio Unamuno; al respecto vuelvan a leerse los capítulos XVI, XXI y XXII.

si ésta marrase, otra obra que sería la puerta de entrada
de su nombre en el panteón de los ingenios inmortales de
su pueblo y casta. Titularíase *Memorias de un médico
viejo* y sería la mies del saber de mundo, de pasiones, de
vida, de tristezas y alegrías, hasta de crímenes ocultos,
que había cosechado de la práctica de su profesión de
médico. Un espejo de la vida, pero de las entrañas, y de
las más negras, de ésta; una bajada a las simas de la
vileza humana; un libro de alta literatura y de filosofía
acibarada a la vez. Allí pondría toda su alma sin hablar
de sí mismo; allí, para desnudar las almas de los otros,
desnudaría la suya; allí se vengaría del mundo vil en que
había tenido que vivir. Y las gentes, al verse así, al desnudo, admirarían primero y quedarían agradecidas después al que las desnudó. Y allí, cambiando los nombres
a guisa de ficción, haría el retrato que para siempre habría de quedar de Abel y de Helena. Y su retrato valdría
por todos los que Abel pintara. Y se regodeaba a solas
pensando que si él acertaba aquel retrato literario de
Abel Sánchez, le habría de inmortalizar a éste más que
todos sus propios cuadros, [77] cuando los comentaristas y
eruditos del porvenir llegasen a descubrir, bajo el débil
velo de la ficción, al personaje histórico. "Sí, Abel, sí —se
decía Joaquín a sí mismo— la mayor coyuntura que tienes de lograr eso por lo que tanto has luchado, por lo
único que has luchado, por lo único que te preocupa, por
lo que me despreciaste siempre o, aun peor, no hiciste
caso de mí, la mayor coyuntura que tienes de perpetuarte
en la memoria de los venideros, no son tus cuadros, ¡no!
sino es que yo acierte a pintarte con mi pluma tal y como
eres. Y acertaré, acertaré, porque te conozco, porque te
he sufrido, porque has pesado toda mi vida sobre mí.
Te pondré para siempre en el rollo, y no serás Abel
Sánchez, no, sino el nombre que yo te dé. Y cuando se

---

[77] Si seguimos aceptando la identificación entre Joaquín Monegro y Miguel de Unamuno, no es difícil concluir que este "retrato
literario de Abel Sánchez" de que aquí se habla es la propia novela que ahora tiene el lector en sus manos.

hable de ti como pintor de tus cuadros, dirán las gentes: "¡Ah, sí, el de Joaquín Monegro!" Porque serás de este modo mío, mío, y vivirás lo que mi obra viva, y tu nombre irá por los suelos, por el fango, a rastras del mío, como van arrastrados por el Dante los que colocó en el Infierno. Y serás la cifra del envidioso." [78]

¡Del envidioso! Pues Joaquín dio en creer que toda la pasión que bajo su aparente impasibilidad de egoísta animaba a Abel, era la envidia, la envidia de él, a Joaquín, que por envidia le arrebatara de mozo el afecto de los compañeros, que por envidia le quitó a Helena. Y ¿cómo, entonces, se dejó quitar el hijo? "Ah —se decía Joaquín—, es que él no se cuida de su hijo, sino de su nombre, de su fama, no cree que vivirá en las vidas de sus descendientes de carne, sino en las de los que admiren sus cuadros, y me deja su hijo para mejor quedarse con su gloria. ¡Pero yo le desnudaré!"

Inquietábale la edad a que emprendía la composición de esas *Memorias,* entrado ya en los cincuenta y cinco años, [79] pero, ¿no había acaso empezado Cervantes su *Quijote* a los cincuenta y siete de su edad? Y se dio a averiguar qué obras maestras escribieron sus autores después de haber pasado la edad suya. Y a la par se sentía fuerte, dueño de su mente toda, rico de experiencia, maduro de juicio y con su pasión, fermentada en tantos años, contenida pero bullente.

Ahora, para cumplir su obra, se contendría. ¡Pobre Abel! ¡La que le esperaba…! Y empezó a sentir desprecio y compasión hacia él. Mirábale como a un modelo y como

---

[78] La idea de que la persona es una creación literaria es vieja en Unamuno; en este caso, Abel Sánchez recreado literariamente por Joaquín Monegro obtiene una fama que no habría obtenido nunca por sus cuadros, de la misma manera que no la hubiera obtenido don Quijote si no hubiera habido un Cervantes que cantara sus hazañas. He aquí una nueva razón —añadida a las anteriores— que justificaría el título de la novela.

[79] Es casi coincidente con la edad de Unamuno, que debía tener cincuenta y tres años al redactar *Abel Sánchez.*

a una víctima, y le observaba y le estudiaba. No mucho, pues Abel iba poco, muy poco, a casa de su hijo.

—Debe de andar muy ocupado tu padre —decía Joaquín a su yerno—; apenas parece por aquí. ¿Tendrá alguna queja? ¿Le habremos ofendido yo, Antonia o mi hija en algo? Lo sentiría...

—No, no, papá —así le llamaba ya Abelín—, no es nada de eso. En casa tampoco paraba. ¿No te dije que no le importa nada más que sus cosas? Y sus cosas son las de su arte y qué sé yo...

—No, hijo, no, exageras... algo más habrá...

—No, no hay más.

Y Joaquín insistía para oír la misma versión.

—¿Y Abel, cómo no viene? —le preguntaba a Helena.

—¡Bah, él es así con todos! —respondía ésta.

Ella, Helena, sí solía ir a casa de su nuera.

XXXII

—Pero dime —le decía un día Joaquín a su yerno— ¿cómo no se le ocurrió a tu padre nunca inclinarte a la pintura?

—No me ha gustado nunca...

—No importa; parecía lo natural que él quisiera iniciarte en su arte...

—Pues, no, sino que antes más bien le molestaba que yo me interesase en él. Jamás me animó a que cuando niño hiciera lo que es natural en niños, figuras y dibujos.

—Es raro... es raro... —murmuraba Joaquín—. Pero...

Abel sentía desasosiego al ver la expresión del rostro de su suegro, el lívido fulgor de sus ojos. Sentíase que algo le escarabajeaba dentro, algo doloroso y que deseaba echar fuera; algún veneno sin duda. Siguióse a esas últimas palabras un silencio cargado de acre amargura. Y lo rompió Joaquín diciendo:

—No me explico que no quisiese dedicarte a pintor...

—No, no quería que fuese lo que él...

Siguióse otro silencio, que volvió a romper, como con pesar, Joaquín, exclamando como quien se decide a una confesión:

—¡Pues sí, lo comprendo!

Abel tembló, sin saber a punto cierto por qué, al oír el tono y timbre con que su suegro pronunció esas palabras.

—¿Pues...? —interrogó el yerno.

—No... nada... —Y el otro pareció recogerse en sí.

—¡Dímelo! —suplicó el yerno, que por ruego de Joaquín ya le tuteaba como a padre amigo —¡amigo y cómplice!— aunque temblaba de oír lo que pedía que se le dijese.

—No, no, no quiero que digas luego...

—Pues eso es peor, padre, que decírmelo, sea lo que fuere. Además, que creo adivinarlo...

—¿Qué? —preguntó el suegro, atravesándole los ojos con la mirada.

—Que acaso temiese que yo con el tiempo eclipsara su gloria...

—Sí —añadió con reconcentrada voz Joaquín—, sí, ¡eso! ¡Abel Sánchez hijo, o Abel Sánchez el Joven! Y que luego se le recordase a él como tu padre y no a ti como a su hijo. Es tragedia que se ha visto más de una vez dentro de las familias... Eso de que un hijo haga sombra a su padre...

—Pero eso es... —dijo el yerno, por decir algo.

—Eso es envidia, hijo, nada más que envidia.

—¡Envidia de un hijo...! ¡Y un padre!

—Sí, y la más natural. La envidia no puede ser entre personas que no se conocen apenas. No se envidia al de otras tierras ni al de otros tiempos. No se envidia al forastero, sino los del mismo pueblo entre sí; no al de más edad, al de otra generación, sino al contemporáneo, al camarada. Y la mayor envidia entre hermanos. Por algo es la leyenda de Caín y Abel... Los celos más terribles, tenlo por seguro, han de ser los de uno que cree que su

hermano pone ojos en su mujer, en la cuñada... Y entre
padres e hijos...

—Pero ¿y la diferencia de edad en este caso?

—¡No importa! Eso de que nos llegue a oscurecer
aquel a quien hicimos...

—¿Y del maestro al discípulo? —preguntó Abel.

Joaquín se calló, clavó un momento su vista en el suelo, bajo el que adivinaba la tierra, y luego añadió, como
hablando con ella, con la tierra:

—Decididamente, la envidia es una forma de parentesco. [80]

Y luego:

—Pero hablemos de otra cosa, y todo esto, hijo, como
si no lo hubiese dicho. ¿Lo has oído?

—¡No!

—¿Cómo que no?...

—Que no he oído lo que antes dijiste.

—¡Ojalá no lo hubiese oído yo tampoco! —y la voz
le lloraba.

XXXIII

Solía ir Helena a casa de su nuera, de sus hijos, para
introducir un poco de gusto más fino, de mayor elegancia,
en aquel hogar de burgueses sin distinción, para corregir
—así lo creía ella— los defectos de la educación de la
pobre Joaquina, criada por aquel padre lleno de una soberbia sin fundamento y por aquella pobre madre que
había tenido que cargar con el hombre que otra desdeñó.
Y cada día dictaba alguna lección de buen tono y de es-
cogidas maneras.

—Bien, ¡como quieras! —solía decirle Antonia.

Y Joaquina, aunque recomiéndose, resignábase. Pero

[80] Quizá la forma más natural y básica de parentesco, habría
que decir, puesto que está en el origen de la historia humana.

dispuesta a rebelarse un día. Y si no lo hizo fue por los ruegos de su marido.

—Como usted quiera, señora —le dijo una vez y recalcando el *usted,* que no habían logrado lo dejase al hablarle—; yo no entiendo de esas cosas ni me importa. En todo eso se hará su gusto...

—Pero si no es mi gusto, hija, si es...

—¡Lo mismo da! Yo me he criado en la casa de un médico, que es ésta, y cuando se trate de higiene, de salubridad, y luego que nos llegue el hijo, de criarle, sé lo que he de hacer, pero ahora, en estas cosas que llama usted de gusto, de distinción, me someto a quien se ha formado en casa de un artista.

—Pero no te pongas así, chicuela...

—No, si no me pongo. Es que siempre nos está usted echando en cara que si esto no se hace así, que si se hace asá. Después de todo no vamos a dar saraos ni tés danzantes.

—No sé de dónde te ha venido, hija, ese fingido desprecio, fingido, sí, fingido, lo repito, fingido...

—Pero si yo no he dicho nada, señora...

—Ese fingido desprecio a las buenas formas, a las conveniencias sociales. ¡Aviados estaríamos sin ellas...! ¡No se podría vivir!

Como a Joaquina le habían recomendado su padre y su marido que se pasease, que airease y solease la sangre que iba dando al hijo que vendría, y como ellos no podían siempre acompañarla, y Antonia no gustaba de salir de casa, escoltábala [81] Helena, su suegra. Y se complacía en ello, en llevarla al lado como a una hermana menor, pues por tal la tomaban los que no las conocían, en hacerle sombra con su espléndida hermosura casi intacta por los años. A su lado su nuera se borraba a los ojos precipitados de los transeúntes. El encanto de Joaquina era para

---

[81] La pauta social de que una mujer que se respete no debe salir sola de casa y debe ser *escoltada* por otra, responde a tradiciones antiguas, aunque todavía vigentes durante gran parte del siglo XX.

paladeado lentamente por los ojos, mientras que Helena se ataviaba para barrer las miradas de los distraídos. "¡Me quedo con la madre!" —oyó que una vez decía un mocetón, a modo de chicoleo, cuando al pasar ellas le oyó que llamaba *hija* a Joaquina, y respiró más fuerte, humedeciéndose con la punta de la lengua los labios.

—Mira, hija —solía decirle a Joaquina—, haz lo más por disimular tu estado, es muy feo eso de que se conozca que una muchacha está encinta... es así como una petulancia...

—Lo que yo hago, madre, es andar cómoda y no cuidarme de lo que crean o no crean... Aunque estoy en lo que los cursis llaman estado interesante, no me hago la tal como otras se habrán hecho y se hacen. No me preocupo de esas cosas.

—Pues hay que preocuparse; se vive en el mundo.

—¿Y qué más da que lo conozcan...? ¿O es que no le gusta a usted, madre, que sepan que va para abuela? —añadió con sorna.

Helena se escocía al oír la palabra odiosa: abuela, pero se contuvo.

—Pues mira, lo que es por edad... —dijo, picada.

—Sí, por edad podía usted ser madre de nuevo —repuso la nuera, hiriéndola en lo vivo.

—Claro, claro... —dijo Helena, sofocada y sorprendida, inerme por el brusco ataque—. Pero eso de que se te queden mirando...

—No; esté tranquila, pues a usted es más bien a la que miran. Se acuerdan de aquel magnífico retrato, de aquella obra de arte...

—Pues yo en tu caso... —empezó la suegra.

—¿Usted en mi caso, madre, y si pudiese acompañarme en mi estado mismo, entonces?

—Mira, niña, si sigues así nos volvemos en seguida y no vuelvo a salir contigo ni a pisar tu casa... es decir, la de tu padre.

—¡La mía, señora, la mía, y la de mi marido y la de usted...!

—¿Pero de dónde has sacado ese geniecillo, niña?

—¿Geniecillo? ¡Ah, sí, el genio es de otros!

—Miren, miren la mosquita muerta... la que se iba a ir monja antes de que su padre le pescase a mi hijo...

—Le he dicho a usted ya, señora, que no vuelva a mentarme eso. Yo sé lo que me hice.

—Y mi hijo también.

—Sí, sabe también lo que se hizo, y no hablemos más de ello.

XXXIV

Y vino al mundo el hijo de Abelín y de Joaquina, en quien se mezclaron las sangres de Abel Sánchez y de Joaquín Monegro.

La primer batalla fue la del nombre que había de ponérsele; su madre quería que Joaquín; Helena, que Abel, y Abel, su hijo Abelín y Antonia, remitieron la decisión a Joaquín, que sería quien le diese nombre. Y fue un combate en el alma de Monegro. Un acto tan sencillo como es dar nombre a un hombre nuevo, tomaba para él tamaño de algo agorero, de un sortilegio fatídico. Era como si se decidiera el porvenir del nuevo espíritu.

"Joaquín —se decía éste—, Joaquín, sí, como yo, y luego será Joaquín S. Monegro y hasta borrará la ese, la ese a que se le reducirá ese odioso Sánchez, y desaparecerá su nombre, el de su hijo, y su linaje quedará anegado en el mío... Pero no, es mejor que sea Abel Monegro. ¿Abel S. Monegro, y se redima así el Abel? Abel es su abuelo, pero Abel es también su padre, mi yerno, mi hijo, que es ya mío, un Abel mío, que he hecho yo. ¿Y qué más da que se llame Abel si él, el otro, su otro abuelo, no será Abel ni nadie le conocerá por tal, sino será como yo le llame en las *Memorias,* con el nombre con que le marque en la frente con fuego? Pero no..."

Y, mientras, así dudaba, fue Abel Sánchez, el pintor, quien decidió la cuestión, diciendo:

—Que se llame Joaquín. Abel el abuelo, Abel el padre, Abel el hijo, tres Abeles... ¡son muchos! Además, no me gusta, es nombre de víctima...

—Pues bien dejaste ponérselo a tu hijo —objetó Helena.

—Sí, fue un empeño tuyo, y por no oponerme... Pero figúrate que en vez de haberse dedicado a médico se dedica a pintor, pues... Abel Sánchez el Viejo y Abel Sánchez el Joven...

—Y Abel Sánchez no puede haber más que uno —añadió Joaquín, sotorriéndose.

—Por mí que haya ciento —replicó aquél—. Yo siempre he de ser yo.

—¿Y quién lo duda? —dijo su amigo.

—¡Nada, nada, que le llamen Joaquín, decidido!

—Y que no se dedique a la pintura, ¿eh?

—¡Ni a la medicina! —concluyó Abel, fingiendo seguir la fingida broma.

Y Joaquín se llamó el niño.

XXXV

Tomaba al niño su abuela Antonia, que era quien le cuidaba, y apechugándolo como para ampararlo y cual si presintiese alguna desgracia, le decía: "Duerme, hijo mío, duerme, que cuanto más duermas, mejor. Así crecerás sano y fuerte. Y luego también, mejor dormido que despierto, sobre todo en esta casa. ¿Qué va a ser de ti? Dios quiera que no riñan en ti dos [82] sangres!" Y dormido el niño, ella, teniéndole en brazos, rezaba y rezaba.

Y el niño crecía a la par que la *Confesión* y las *Memorias* de su abuelo de madre y que la fama de pintor de su abuelo de padre. Pues nunca fue más grande la reputación de Abel que en este tiempo. El cual, por

---

[82] Primera edición: "*tus* dos sangres".

su parte, parecía preocuparse muy poco de toda otra cosa
que no fuese su reputación.

Una vez se fijó más intensamente en el nietecillo, y fue
que al verle una mañana dormido exclamó: "¡Qué pre-
cioso apunte!" Y tomando un álbum se puso a hacer un
bosquejo a lápiz del niño dormido.

—¡Qué lástima —exclamó— no tener aquí mi paleta y
mis colores! Ese juego de la luz en la mejilla, que parece
como de melocotón, es encantador. ¡Y el color del pelo!
¡Si parecen rayos del sol los rizos!

—Y luego —le dijo Joaquín—, ¿cómo le llamarías al
cuadro? ¿Inocencia?

—Eso de poner títulos a los cuadros se queda para los
literatos, como para los médicos el poner nombres a las
enfermedades, aunque no se curen.

—¿Y quién te ha dicho, Abel, que sea lo propio de la
medicina curar las enfermedades?

—Entonces, ¿qué es?

—Conocerlas. El fin de la ciencia es conocer.

—Yo creí que conocer para curar. ¿De qué nos serviría haber probado del fruto de la ciencia del bien y del
mal si no era para librarnos de éste?

—Y el fin del arte, ¿cuál es? ¿Cuál es el fin de ese
dibujo de nuestro nieto que acabas de hacer?

—Eso tiene su fin en sí. Es una cosa bonita y basta.

—¿Qué es lo bonito? ¿Tu dibujo o nuestro nieto?

—¡Los dos!

—¿Acaso crees que tu dibujo es más hermoso que él,
que Joaquinito?

—¡Ya estás en las tuyas! ¡Joaquín! ¡Joaquín!

Y vino Antonia, la abuela, y cogió al niño de la cuna
y se lo llevó para defenderlo de uno y de otro abuelo. Y
le decía: «¡Ay, hijo, hijito, hijo mío, corderito de Dios, sol
de la casa, angelito sin culpa, que no te retraten, que no
te curen! No seas modelo de pintor, no seas enfermo de
médico... ¡Déjales, déjales con su arte y con su ciencia y
vente con tu abuelita, tú, vida, vida, vidita, vidita mía!
Tú eres mi vida; tú eres nuestra vida; tú eres el sol de
esta casa. Yo te enseñaré a rezar por tus abuelos y Dios

te oirá. ¡Vente conmigo, vidita, vida, coderito sin mancha, corderito de Dios!" Y no quiso Antonia ver el apunte de Abel. [83]

XXXVI

Joaquín seguía con su enfermiza ansiedad el crecimien-
to en cuerpo y en espíritu de su nieto Joaquinito. ¿A quién
salía? ¿A quién se parecía? ¿De qué sangre era? Sobre
todo cuando empezó a balbucir.

Desasosegábale al abuelo que el otro abuelo, Abel, desde que tuvo el nieto, frecuentaba la casa de su hijo y hacía que le llevasen a la suya el pequeñuelo. Aquel gran-
dísimo egoísta —por tal le tenían su hijo y su consuegro—
parecía ablandarse de corazón y aun aniñarse ante el
niño. Solía ir a hacerle dibujos, lo que encantaba a la criatura. "¡*Abelito*, santos!", le pedía. Y Abel no se can-
saba de dibujarle perros, gatos, caballos, toros, figuras
humanas. Ya le pedía un jinete, ya dos chicos haciendo
cachetina, [84] ya un niño corriendo de un perro que le
sigue, y que las escenas se repitiesen.

—En mi vida he trabajado con más gusto —decía
Abel—; esto, esto es arte puro y lo demás... ¡chanfaina!

—Puedes hacer un álbum de dibujos para los niños
—le dijo Joaquín.

—¡No, así no tiene gracia, para los niños... no! Eso
no sería arte sino...

—Pedagogía —dijo Joaquín.

—Eso, sí, sea lo que fuere, pero arte no. Esto es arte,

---

[83] El no querer ver el retrato es una forma de negar la pintura
y la medicina por ser modos de rehuir la vida. La vida sólo se
afirma en la vida misma.

[84] "Hacer cachetina" es un juego que consiste en darse fingi-
damente cachetes dos personas; es propio de la adolescencia y
primera juventud.

esto; estos dibujos que dentro de media hora romperá nuestro nieto.

—¿Y si yo los guardase? —preguntó Joaquín.

—¿Guardarlos? ¿Para qué?

—Para tu gloria. He oído de no sé qué pintor de fama que se han publicado los dibujos que les hacía, para divertirlos, a sus hijos, y que son de lo mejor de él.

—Yo no los hago para que los publiquen luego, ¿entiendes?[85] Y, en cuanto a eso de la gloria, que es una de tus reticencias, Joaquín, sábete que no se me da un comino de ella.

—¡Hipócrita! Si es lo único que de veras te preocupa...

—¿Lo único? Parece mentira que me lo digas ahora. Hoy lo que me preocupa es este niño. ¡Y será un gran artista!

—Que herede tu genio, ¿no?

—¡Y el tuyo!

El niño miraba sin comprender el duelo entre sus dos abuelos, pero adivinando algo en sus actitudes.

—¿Qué le pasa a mi padre? —preguntaba a Joaquín su yerno—, ¿que está chocho con el nieto, él que apenas nunca me hizo caso? Ni recuerdo que siendo yo niño me hiciese esos dibujos...

—Es que vamos para viejos, hijo —le respondió Joaquín—, y la vejez enseña mucho.

—Y hasta el otro día, a no sé qué pregunta del niño, le vi llorar. Es decir, le salieron las lágrimas. Las primeras que le he visto.

—¡Bah! ¡Eso es cardíaco!

—¿Cómo?

—Que tu padre está ya gastado por los años y el trabajo y por el esfuerzo de la inspiración artística y por las emociones; que tiene muy mermadas las reservas del corazón y que el mejor día...

—¿Qué?

—Os da, es decir, nos da un susto. Y me alegro que

---

[85] Esa era precisamente la tentación de Unamuno, como sabemos.

haya llegado ocasión de decírtelo, aunque ya pensaba en ello. Adviérteselo a Helena, a tu madre.

—Sí, él se queja de fatiga, de disnea, [86] ¿será...?

—Eso es. Me ha hecho que le reconozca sin saberlo tú y le he reconocido. Necesita cuidado.

Y así era que en cuanto se encrudecía el tiempo Abel se quedaba en casa y hacía que le llevasen a ella al nieto, lo que amargaba para el día todo al otro abuelo. "Me lo está mimando —se decía Joaquín—, quiere arrebatarme su cariño; quiere ser el primero; quiere vengarse de lo de su hijo. Sí, sí, es por venganza, nada más que por venganza. Quiere quitarme este último consuelo. Vuelve a ser él, él, él que me quitaba los amigos cuando éramos mozos." [87]

Y en tanto Abel le repetía al nietecito que quisiera mucho al abuelito Joaquín.

—Te quiero más a ti —le dijo una vez el nieto.

—¡Pues no! No debes quererme a mí más; hay que querer a todos igual. Primero a papá y mamá y luego a los abuelos y a todos lo mismo. El abuelito Joaquín es muy bueno, te quiere mucho, te compra juguetes...

—También tú me los compras...

—Te cuenta cuentos...

—Me gustan más los dibujos que tú me haces. ¡Anda, píntame un toro y un picador a caballo!

XXXVII

—Mira, Abel —le dijo solemnemente Joaquín, así que se encontraron solos—, vengo a hablarte de una cosa grave, muy grave, de una cuestión de vida o muerte.

---

[86] Síntomas, entre otras cosas, de una posible subida de tensión.

[87] Una vez más regresa —imposible de detener— su vieja tentación de la envidia.

—¿De mi enfermedad?

—No, pero si quieres de la mía.

—¿De la tuya?

—¡De la mía, sí! Vengo a hablarte de nuestro nieto. Y para no andar con rodeos es menester que te vayas, que te alejes, que nos pierdas de vista; te lo ruego, te lo suplico...

—¿Yo? ¿Pero estás loco, Joaquín? ¿Y por qué?

—El niño te quiere a ti más que a mí. Esto es claro. Yo no sé lo que haces con él... no quiero saberlo...

—Le aojaré [88] o le daré algún bebedizo, sin duda...

—No lo sé. Le haces esos dibujos, esos malditos dibujos, le entretienes con las artes perversas de tu maldito arte...

—¿Ah, pero eso también es malo? Tú no estás bueno, Joaquín.

—Puede ser que no esté bueno, pero eso no importa ya. No estoy en edad de curarme. Y si estoy malo debes respetarme. Mira, Abel, que me amargaste la juventud, que me has perseguido la vida toda...

—¿Yo?

—Sí, tú, tú.

—Pues lo ignoraba.

—No finjas. Me has despreciado siempre...

—Mira, si sigues así, me voy, porque me pones malo de verdad. Ya sabes mejor que nadie, que no estoy para oír locuras de ese jaez. Vete a un manicomio a que te curen o te cuiden y déjanos en paz.

—Mira, Abel, que me quitaste, por humillarme, por rebajarme, a Helena...

—¿Y no has tenido a Antonia...?

—¡No, no es por ella, no! Fue el desprecio, la afrenta, la burla.

—Tú no estás bueno, te lo repito, Joaquín, no estás bueno...

---

[88] "Aojarle" es echarle a uno mal de ojo de acuerdo con las técnicas del aojamiento, propias sólo de personas expertas en artes de magia o hechicería.

—Peor estás tú.

—De salud del cuerpo, desde luego. Sé que no estoy para vivir mucho.

—Demasiado...

—¿Ah, pero me deseas la muerte?

—No, Abel, no, no digo eso —y tomó Joaquín tono de quejumbrosa súplica, diciéndole: Vete, vete de aquí, vete a vivir a otra parte, déjame con él... no me lo quites... por lo que te queda...

—Pues por lo que me queda, déjame con él.

—No, que le envenenas con tus mañas, que le desapegas de mí, que le enseñas a despreciarme...

—¡Mentira, mentira y mentira! Jamás me ha oído ni me oirá nada en desprestigio tuyo.

—Sí, pero basta con lo que le engatusas.

—¿Y crees tú que por irme yo, por quitarme yo de en medio habría de quererte? Si a ti, Joaquín, aunque uno se proponga no puede quererte... Si rechazas a la gente...

—Lo ves, lo ves...

—Y si el niño no te quiere como tú quieres ser querido, con exclusión de los demás o más que a ellos, es que presiente el peligro, es que teme...

—Y ¿qué teme? —preguntó Joaquín, palideciendo.

—El contagio de tu mala sangre.

Levantóse entonces Joaquín, lívido, se fue a Abel y le puso las dos manos, como dos garras, en el cuello, diciendo: ¡Bandido!

Mas al punto las soltó. Abel dio un grito, llevándose las manos al pecho, suspiró un "¡Me muero!" y dio el último respiro. Joaquín se dijo: "El ataque de angina; ya no hay remedio; ¡se acabó!"

En aquel momento oyó la voz del nieto que llamaba: "¡Abuelito! ¡Abuelito!" Joaquín se volvió:

—¿A quién llamas? ¿A qué abuelo llamas? ¿A mí? —Y como el niño callara lleno de estupor ante el misterio que veía:— Vamos, di, ¿a qué abuelo? ¿A mí?

—No, al abuelito Abel.

—¿A Abel? Ahí le tienes... muerto. ¿Sabes lo que es eso? Muerto.

Después de haber sostenido en la butaca en que murió el cuerpo de Abel, se volvió Joaquín al nieto y con voz de otro mundo le dijo:

—¡Muerto, sí! Y le he matado yo, yo, ha matado a Abel Caín, tu abuelo Caín. Mátame ahora si quieres. Me quería robarte; quería quitarme [89] tu cariño. Y me lo ha quitado. Pero él tuvo la culpa; él. [90]

Y rompiendo a llorar, añadió:

—¡Me quería robarte a ti, a ti, al único consuelo que le quedaba al pobre Caín! ¿No le dejarán a Caín nada? Ven acá, abrázame.

El niño huyó sin comprender nada de aquello, como se huye de un loco. Huyó llamando a Helena: ¡abuela, abuela!

—Le he matado, sí [91] —continuó Joaquín solo—; pero él me estaba matando; hace más de cuarenta años que me estaba matando. Me envenenó los caminos de la vida con su alegría y con sus triunfos. Quería robarme el nieto...

Al oír pasos precipitados, volviendo Joaquín en sí, volvióse. Era Helena, que entraba.

—Qué pasa... qué sucede... qué dice el niño...

—Que la enfermedad de tu marido ha tenido un fatal [92] desenlace —dijo Joaquín heladamente.

—¿Y tú?

—Yo no he podido hacer nada. En esto se llega siempre tarde.

Helena le miró fijamente y le dijo:

—¡Tú... tú has sido!

[89] Primera edición: "quitar*te*".

[90] La muerte de Abel en manos de Joaquín es una evidente referencia simbólica al asesinato bíblico de Abel por Caín, y así lo ve el propio protagonista de la novela.

[91] Así lo entiende Joaquín llevado por su sentimiento de culpabilidad.

[92] Primera edición: "*Su* fatal".

Luego se fue, pálida y convulsa, pero sin perder su compostura, al cuerpo de su marido.

XXXVIII

Pasó un año, en que Joaquín cayó en una honda melancolía. Abandonó sus *Memorias,* evitaba ver a todo el mundo, incluso a sus hijos. La muerte de Abel había parecido[93] el natural desenlace de su dolencia, conocida por su hija, pero un espeso bochorno de misterio pesaba sobre la casa. Helena encontró que el traje de luto la favorecía mucho y empezó a vender los cuadros que de su marido le quedaban. Parecía tener cierta aversión al nieto. Al cual le había nacido ya una hermanita.

Postróle, al fin, una oscura enfermedad en el lecho. Y sintiéndose morir, llamó un día a sus hijos, a su mujer, a Helena.

—Os dijo verdad el niño —empezó diciendo—, yo le maté.

—No digas esas cosas, padre —suplicó Abel, su yerno.

—No es hora de interrupciones ni de embustes. Yo le maté. O como si yo le hubiera matado, pues murió en mis manos...

—Eso es otra cosa.

—Se me murió teniéndole yo en mis manos, cogido del cuello. Aquello fue como un sueño. Toda mi vida ha sido como un sueño. Por eso ha sido como una de esas pesadillas dolorosas que nos caen encima poco antes de despertar, al alba, entre el sueño y la vela. No he vivido ni dormido... ¡ojalá! ni despierto. No me acuerdo ya de mis padres, no quiero acordarme de ellos y confío en que ya muertos me hayan olvidado. ¿Me olvidará también Dios?

---

[93] Primera edición: "aparecido".

Sería lo mejor acaso, el eterno olvido. ¡Olvidadme, hijos míos!

—¡Nunca! —exclamó Abel, yendo a besarle la mano.

—¡Déjala! Estuvo en el cuello de tu padre al morirse éste. ¡Déjala! Pero no me dejéis. Rogad por mí.

—¡Padre, padre! —suplicó la hija.

—¿Por qué he sido tan envidioso, tan malo? ¿Qué hice para ser así? ¿Qué leche mamé? ¿Era un bebedizo de odio? ¿Ha sido un bebedizo mi sangre? ¿Por qué nací en tierra de odios? En tierra en que el precepto parece ser: "Odia a tu prójimo como a ti mismo." Porque he vivido odiándome; porque aquí todos vivimos odiándonos. [94] Pero... traed al niño. [95]

—¡Padre!

—¡Traed al niño!

Y cuando el niño llegó le hizo acercarse:

—¿Me perdonas? —le preguntó.

—No hay de qué —dijo Abel.

—¡Di que sí, arrímate al abuelo —le dijo su madre.

—¡Sí! —susurró el niño.

—Di claro, hijo mío, di si me perdonas.

—Sí.

—Así, sólo de ti, sólo de ti, que no tienes todavía uso de razón, de ti que eres inocente, necesito perdón. [96] Y no olvides a tu abuelo Abel, al que te hacía los dibujos. ¿Le olvidarás?

—¡No!

---

[94] La referencia crítica al medio social en que vive el protagonista es clara, y aquí toman cuerpo todas las reflexiones de Unamuno sobre la envidia como pecado nacional español; reléase al respecto el prólogo a la segunda edición de la novela, incluido al principio de la nuestra.

[95] La referencia a la infancia como elemento salvador se hará más explícita en seguida.

[96] He aquí la explicitación a que nos referíamos en la nota anterior: sólo la infancia inocente, ajena a envidiados y envidiosos, puede ser vía de salvación espiritual; la referencia bíblica —"Dejad que los niños se acerquen a mí!... ¡Haceos como uno de estos pequeñuelos!"— es también evidente.

—No, no le olvides, hijo mío, no le olvides. Y tú, Helena...

Helena, la vista en el suelo, callaba.

—Y tú, Helena...

—Yo, Joaquín, te tengo hace tiempo perdonado.

—No te pedía eso. Sólo quiero verte junto a Antonia.
Antonia...

La pobre mujer, henchidos de lágrimas los ojos, se
echó sobre la cabeza de su marido y como queriendo pro-
tegerla.

—Tú has sido aquí la víctima. No pudiste curarme, no
pudiste hacerme bueno...

—Pero si lo has sido, Joaquín... ¡Has sufrido tanto!...

—Sí, la tisis del alma. Y no pudiste hacerme bueno
porque no te he querido.

—¡No digas eso!

—Sí, lo digo, lo tengo que decir, y lo digo aquí, delante
de todos. No te he querido. Si te hubiera querido me habría [97] curado. No te he querido. Y ahora me duele no
haberte querido. Si pudiéramos volver a empezar...

—¡Joaquín! ¡Joaquín! —clamaba desde el destrozado
corazón la pobre mujer—. No digas esas cosas. Ten piedad de mí; ten piedad de tus hijos, de tu nieto que te oye,
y que, aunque parece no entenderte, acaso mañana...

—Por eso lo digo, por piedad. No, no te he querido;
no he querido quererte. ¡Si volviésemos a empezar! Ahora, ahora es cuando...

No le dejó acabar su mujer, tapándole la moribunda
con su boca y como si quisiera recoger en el propio su
último aliento.

—Esto te salva, Joaquín.

—¿Salvarme? ¿Y a qué llamas salvarse?

—Aún puedes vivir unos años, si lo quieres.

—¿Para qué? ¿Para llegar a viejo? ¿A la verdadera
vejez? ¡No; la vejez, no! La vejez egoísta no es más que
una infancia en que hay conciencia de la muerte. El viejo
es un niño que sabe que ha de morir. No, no quiero

---

[97] Primera edición: *"había"*.

llegar a viejo. Reñiría con los nietos por celos, les odia-
ría... ¡No, no... basta de odio! Pude quererte, debí quererte, que habría sido mi salvación, y no te quise.

Calló. No quiso o no pudo proseguir. Besó a los suyos.
Horas después rendía su último cansado respiro.

¡Queda escrito! [98]

---

[98] Esta fórmula final fue añadida en la segunda edición.

ÍNDICE DE LÁMINAS

ESTE LIBRO
SE TERMINÓ DE IMPRIMIR
EL DÍA 2 DE FBRERO DE 1990

clásicos castalia

ÚLTIMOS TÍTULOS PUBLICADOS